U0653483

江南帖

2023年度高新区（滨江）文艺精品扶持项目

卢艳艳——著

长江出版传媒

长江文艺出版社

卢艳艳

笔名晚风，浙江东阳人，居杭州，园林高工，
国家一级注册建造师，中国作家协会会员，中
国诗歌学会会员，杭州市滨江区作家协会副主
席。作品发表于《诗刊》《星星》《诗潮》
《扬子江诗刊》《江南诗》《诗歌月刊》《诗
选刊》等刊，获各级诗歌比赛奖项100余次，入
选《2020年中国诗歌精选》等多种选本。著有
诗集《飞花集》《雪中之雪》《修辞之雨》。

目　录

第三辑　现实的蝉鸣

第一辑

溪水流动

月亮

月亮，挂在江对岸

标志性建筑"杭州之门"的右上角。

它上一秒

刚从既定的门中跃出，

下一秒，就壮大了自我。

而从对面望向这岸的人们

又会看到月亮，挂在何处？

与一个词推敲着被放入句子，

一个人，执着于他人眼中的位置

有所不同，

月亮，它不需要参照物，

它只在更高更广阔的空间，四处扩散。

我仰看它，

——独一无二的存在真好，

无论远近、古今，还是去向，

都与我表达的饥饿，保持着对应物的填充，

都与每一瞬间，包括现在，

保持无所附着的放空。

无论周围多么暗沉，它都稳稳地上升，

在今天人为的等待

和我无数次天性使然的放弃中，

我成为古人，

而它永远是，今时之月。

2022. 7. 14

保俶塔

傍晚，大地的热气遁去
乌云下，凉风阵阵
湖面泛起的涟漪在靠岸处
变得汹涌
仿佛要越过阻挡它们的
所有界限。荷叶晃动
仿佛悟到了一座塔
由空心变为实心的
禅机

当它敞开可进入、可攀登
可供奉佛像
世人以为
佛在其中，以为
此地有千年的法力
用来呼朋引类
以为，借助这些
能快一点达到目标

却往往忽略了，任何事物
一旦可以被长驱直入
将更轻易地被摧毁
那重建的，还是它自己吗
当它从内到外筑成一体
从此一座塔

再不会让外力进入
和掏空
它将长时间保持这样的高度

使宝石山上
鎏金般的晚霞
一直飘在刹顶周围
在佛教徒眼里
那是塔身，放出光芒
而我只看到剑指苍穹
仅为乌云越来越膨胀
却虚无的自我
打开，一条落地的通道

2022. 7. 21

以白堤之名

把天空和湖水，按自己的方式
再分开一次
并且经过很长一段时间
仍不改变，像神分开天地

在这个灰蒙蒙的冬日清晨
它线条宁静，而柔美
漂在水上，看上去如此轻盈
宛如长长的丝线。但我知道
它的质地苍劲而坚固
像一句不属于人间的誓言

与其说是水利工程，不如说
它复制了一种天堂的美
建造者早已消失，在大浪淘沙
和新与旧的不断更迭中
它留存了下来

包括一段关于人与蛇的传说
从除妖记到爱情故事
山水从不评判谁对谁错
而我，一个过路人
多么想效法一条长堤
把天与地重新划分一次
按自己的方式。辨别出
远在我出生前，就被混淆不清的
黑与白，真与假

2021. 12. 14

身坐船上，湖水接近海水，心接近鱼
夕阳圆满、璀璨
毫不吝啬向湖面挥洒金子，向大地施以暖意
但唯有三潭印月是固定配搭
人们因此把月亮视为宝贵，等着
中秋之夜出现三十三个月亮

需要月朗天清，需要石塔、蜡烛，和泛舟西湖
而人们通常投身于地铁、公交，随人潮
从一个地方，奔赴另一个地方
从清晨太阳升起，到黄昏西落
连"心中月"也被挤出身外，遗失途中

草木不移，鱼游池中，鸟飞千里
自由度的差异来自隶属的物种
而同类之间呢，仅凭"心中月"
就可以区分彼此，或共享悲乐吗？
此刻，空心石塔
站在湖水最深处，等着月亮

我裹着冬衣在岛上等着返回的船
此生不能一睹真正的三潭印月
终究是件憾事。世间事大抵如此
虽各行其道，各得其所
不可或缺的日常却总为无用物癫狂

2021.12.31

景观石上的残桂

一块景观石躺在草地中
桂树下，闪着无生命的坚定
一颗石心是经过
炙热的岩浆喷发之后
变得冰冷的。但石面凹陷处
还保留着几小撮凋落的桂花
在花期早已结束的深冬
我不知道
这是石头不经意的恻隐之心
还是生命之空无
向世界展现的一种印记
和灰烬消散于无形不一样
在看到它们那一刻
我想起那么多陌生人
他们并未完全被遗忘，而是
安静地被收集在某个角落
偶尔看到时，仍感觉到
隐约的香气，在沉重的石头上
真实萦绕

2022. 1. 2

光线明亮。梧桐树

终于掉光了叶子，有机会展示

什么是骨骼强健

风在不苟言笑的常绿植物间

穿梭。一边歌颂着天地之永恒

一边抚摸沉默者热烈的那一面

表里如一只是瞬间，所谓的巧合

属于等待者。不存在

你想进去的时候正好有人开门

如果有，更多的门会打开

在你反悔的那一刻

就有试探来临——

什么是最佳选择？感官的诉求

历来多变。只有造物主

在创造最佳时节，在你失去耐心

觉察到耐心的可贵

在你一度失去选择余地

不再隐藏自己真正的样子

曾经身旁的很多火光就会熄灭

而你依然能屏息站立

瞧见一个湖

仿佛沸腾人世的另一面

2022. 1. 15

六和塔

桥两边栏杆，在不停后退
六和塔在前方
越来越近地迎向我
当我想看清它的脸，在我以为
到达了与它面对面的角度
车子，驶下了大桥
转过头，逆着车轮滚动的方向
望向浓荫蔽日的转弯处——
塔消失了，像在目送我，是我
把它抛在身后
又像是背对我，是它将我留在
一个人的天地四方
我知道八角形的存在
没有前后，没有左右
没有入口和出口，甚至没有古今
无论我是走向它，还是离开它
它就站在那儿，不管是否在视线里
还是在视觉盲区，都能看到
我的正脸、侧面，以及
永远想要脱身而出的背影

2022. 5. 13

飞来峰

从景区入口走到

道路两旁的树荫，手中的伞

既能遮挡太阳的视线

也可以避免突然而至的雷雨

使我落入被淋湿的窘境

岩洞湿滑，溪水浑浊

石窟里的佛已站立了千年

当饥饿来临

午后的疲倦尾随其后

汗水像突袭中苟且偷生的爬虫

开启兵荒马乱的节奏

我无法远行，一只横冲直撞的椿象

就能迫我匆忙返程

清凉的风也只因为旋转

而回到了彼此怀抱

这里有我的古老行星

有忽冷忽热的土地

让我不得不接受

最猛烈的雨或者阳光，而高举的伞

也只能勉强撑起头顶的

一小片天空

2018. 6. 17

2022. 6. 17 修改

中秋之夜

如果没有水，富春江就是一条裂缝
正如我走在小区的路面时
卡住我鞋跟的那一条

如果我是一个巨人
就能撩开云层，抓住
那些平常触碰不到的东西

今夜，仿佛整条江水
都轻飘飘地升上了天空
这么多鱼鳞状的灵魂聚在一起

这么远还能看到
它们头接着尾，尾接着头
围绕着月亮游来游去

让我焦急等待，又无可奈何
今夜，再多的人间灯火也比不上
月亮冲破云层的那一刻

连行走的路上蓦然出现的破口
也变得明亮，而云暗下去
像分娩后的腹部，留下的妊娠纹

那遮蔽后的释然，沉重过后的

轻盈，令不是巨人的我

不再怀疑自己体内，也曾孕育过一轮明月

2022. 9. 12

观潮

平日里青色的江水，变得黄浊

浪头上，不时漂来一些杂物

像人心动荡时

真实面目开始重见天日

又像不甘于堤坝束缚的众多猛兽

列队狂奔

越接近源头，其内容越乏善可陈

像一个人说起

自己平平无奇的出身，那个从前

总想早一点远离的地方

在一次次引潮力的催生下

不得不担负起

故乡之名，让东流而去的江水

与大海的反噬，得以分庭抗礼

千百年来不曾停息。一滴江水

如此渺小

像每一个来到江边观潮的人

等着滔天巨浪，卷走

波澜不惊的日常，一种久违的激情

我也在人群中，等待自己的尖叫

这一幕，一定发生过，并且

早已耗尽了我

当江水渐渐平息

散去的人群，像一缕缕水波

从陡立的潮头，释放了出来

而我继续站在原地
是为了向似乎从未
发生过什么的平静，深深地致意

2022. 9. 13

观潮（二）

在汹涌而来的巨大声响中
一浪叠一浪不知在追逐什么
而我的沉默，由我的看客身份决定

这是世界长久以来对我做出的定义
并教我常常告诫自己，现在目睹的

"滔天浊浪排空来，翻江倒海山为摧"
终将变成毫无震颤的记忆

也有深入剧情的过往
视荒诞为精彩，猎取为追求
在迷人的诱惑面前看不到凶险

也分不清沿岸漂来的树枝、泡沫，是战果
还是失散的同类？仿佛被潮水卷走的人

从前一秒的看客，到转瞬间被吞噬
用生命参与的舞台不会倒塌
那么多无名的失足之人啊

唯有愿他们像树枝，像泡沫
轻盈地浮起，退回到敬畏者的观众席

2022.9.14

松红居

花在开，在松红居

被白墙黑瓦围合的时光

从水面，飞掠而过的风

像无数触须，在脸上轻柔摩挲

让我看见，一阵阵涟漪生成、扩散

然后渐渐消失

是啊，什么能长久存留呢?

春花有绚烂的春色，野草

有死而复生的野心

都像零星小雨，落进洪呑村

心潮起伏的密林里

在黄昏的三谐亭里坐下

望向，更空寂的远处——

只剩青山，只剩流水

而我们还挽住彼此

像一枚松针上的两滴露珠

同一枝条上的两片霜叶

是啊，还有什么比得过

以一屋松涛和两坡红叶，对抗

尘世间，山谷中，那日益稀疏的应答声

2020. 9. 10

天目里

一排红色枫香树，站在一面
可以随时映照它们的水镜子边
一座造型奇特的建筑
伫立在咖啡馆前方……
走进天目里，仿佛与照片中看到的
不是同一个地点
我也不再是那个容易失望的人
看过无处不在的镜花水月，以及
无时无刻，从他人头顶飞过的鸟
我已习惯坐在屋里
一边呼吸着咖啡的诱人香味
一边选择了适合自己的巧克力
透过玻璃向外看
阳光照在门口
当我从屋里移到门外，阳光
也尾随而来，并越过我坐到了更远处
冷却下来的天目里
接近一张照片，扁平、微缩，重要的
是把我一个不能营造任何主题
与意义的个体，也纳入了它的内部

2022. 12. 13

极致之旅

今天最后一个客人快到了
请继续看着天空
野生的消失的鸟，家养的
扩散的暮色，一壶水
烧开的工夫，令人烦恼的干涸
来自四面八方
第三只眼的传说科学吗
灵魂与宇宙的交流，请舍掉
冥想的极致，一株植株可以分开
成为各自独立的许多株
一个人努力分身在不同时段
区别明与暗，对与错。有答案吗
被绿萝吸食后，水改变了规则
朝向夜晚想要的黑暗
圣人，或者邪者；星星，或者石块
打开门看了看，确认不是旅馆
反正到处都是海
灯光如水波缠绕身体，起身，开窗
无数思想，在伸直后滑走
与之起舞的
是另一条蛇，而不是归客

2022. 10. 27

秋的稻田

稻穗已经成熟。但我涉足的这一片
已经不是上次见到的那一片：
青涩而干瘪，尚未有沉甸甸的
被收割前的喜悦，或沮丧
几十天时间，足以使这两种情绪
生成、饱和、堆积，通过一条看不见的路
从那一片，挪移到了这一片
仿佛我也能从旧植株的颖壳里
不需研磨和锤击
便可剥开束缚出走，去往别处灌浆——
空间感让人感到新奇，但随之而来的
厌倦感让人念旧。走过一条清晰的路
我看到收割机已经放倒了前方
黄灿灿的一片。大地从未如此空虚
在十月末的一天，我所途经的
是庆典，还是丧礼？
那些行将消失的尖锐、沉重
以及被驯化之前的美。我唯一剩下的
希望是，现在与之合影的仍是那片
被小火车穿过的稻田
我仍是那个沿着枕木，在泥路上行走
尚未写下这首诗的我

2022. 10. 31

水族馆

隔着一张纸、一块布，甚至
无数层地狱和天堂
我们擦拭地面、桌子、灶台……

灰尘和油污
也这样坐上了我们的脸

造物主开始隔着无数张脸
将末世擦拭成初始的样子

形同水族馆，在一面巨大的玻璃前
我们去看水，还是鱼
确切地说是去思考，去行动
去泄露全部的悲伤、部分的喜悦

带着剩下的泡沫，游入一张
充满漏洞却柔软得像皮肤的网
一件张弛有度的内衣

我们都曾是鱼，在很久以前
世界经过一片洪水的毁灭
又遗忘于，一滴水的拯救

2022. 10. 31

公道杯

把公道杯里的琥珀色茶汤
分别倒入几个空杯中
这些少量的，一口即可饮尽的
液体，倾倒时，仍不免
分配不均
想到这世间最无奈的，用于
自我安慰的一句话：公道自在人心
或者，人心是一杆秤
仿佛现在你手握的不是一个容器
而是一颗心和一杆秤
但"立志由我，行出来却由不得我"
在被开水一次次冲泡之后
茶越来越淡
你曾经以为的公平也渐渐失效
不必奇怪，周遭的事物怎么都变了
只要一颗心，仍在软弱的肉体中
不在刚硬的行动者手上
你所能握住的只是抽象概念
一个空置的词语，用来均匀口感
平衡视觉，并且在被这词的
反复嘲讽中，散掉最后一点热气

2022. 11. 8

照在瓷质花瓶上的阳光
渐渐暗淡，包括花瓶里的一束鲜花
再过几天，不知会被扔到哪里

鲜花最适合展示的时机
是切去根部的瞬间——
伤口刚刚形成，溃烂尚未开始

色泽、香气吸引着我们靠近
然后买下来，带回家
按照个人的审美，修剪一番之后

插进一个或新或旧的花瓶
如果新的，这束花仿佛也年轻
构成个体一次性存在

如果旧的，这束花仿佛也古老
暗示物种的起源，沉积着
大自然赐予历史的信息和秘密

而把一束花从世间万物
纷杂的背景中，单独择出来的人
在获得，独享鲜花之美的同时

也要承担起清理和丢弃的义务

鲜花换了一茬又一茬

什么记录都没有。而花瓶可能留下来

直到任何一束鲜花都无法与之匹配

只在人的价值观里

成为，一个流传百世的空洞器具

2022. 11. 8

如今，当我注视猫的小脑袋时
只能还原
一头老虎的慵懒时刻
而非猛兽的缩小版
大部分时间，它蜷在房子一角酣睡
只有陌生的脚步来到
才展露一点野性，喉咙里发出的
也是缩小版的咆哮
但事实证明，这更像是一种呻吟

我也曾是一个成年人的缩小版
每天盼着
尽快到达，更有力量的明天
然而骨骼越生长，越不能走出
身处其中的深山密林，一次次跌倒
让我变得谨慎，仔细看脚下的路
期望找到，他们所说的林中空地
如果没有，就努力挥刀砍出一块
——仿佛缩小版的旷野

2022. 11. 10

月亮与剪纸

红色月亮。我在阳台上，看它
如一片剪纸，贴在夜空的顶棚上

宇宙是一个巨大的房间
每个星球各占一隅，排练着
自己的固定舞蹈

像我一个月前，开始每天跟着
某个直播间，练习一种形体操
但至今还记不住，动作的先后次序

我僵硬的四肢在音乐声中
茫然挥动，猫趴在椅子上
很少睁眼看我

——毕生拥有婴儿的睡眠
和柔软的身形真好
对于人来说，这往往是成长的代价

一些小时候无师自通的东西
正是我一度丢失
现在，想用加倍的努力找回时
已经无法使用本能，与好奇的力量

而是需要，用毅力的剪刀

或刻刀，在生活这张硕大的纸上
剪刻出日趋立体的花纹。中年之后
镂空，有时就是修补

2022. 11. 11

沉船

海底世界里，微生物构成的
锈柱，越来越快地分解着它

庞大身躯的弯曲和断裂处
被不断繁殖的细菌占领

现在，原来的船、海水、冰山
和风暴，都成了配角
再多的死亡也是，都败给了腐朽

发生的方式，历经的时长
人们定睛的那些往事，以及从往事中
衍生出的，各式各样戏剧化的人物故事

是另一种细菌：结构复杂，引人入胜
以确保每个人都在这里得到啃食之物

所以沉船依然是满的，只是
无法将所载之物移至腐蚀之外

我也将一直潜航于此
在垮掉的甲板上，强劲的水流中
描述钢铁、缆绳、舷窗和扶手

2022. 11. 16

现榨甘蔗汁

几根细长的甘蔗倚靠在
小店门边
榨汁机周围，蜜蜂嗡嗡飞舞

不管是柔软的花朵
还是锋利的铁器，只要散发出
香甜气味，它们就会
不远千里跋涉而来

与嗜血的猛兽代言残忍
献祭的羔羊代言温顺
有所不同，趋利的人群更像蜜蜂

此刻，在一条长长的食物链上
仿佛我在榨汁机之外
看着他人拿起其中一根甘蔗
削皮，去掉头尾，放入机器
新鲜的甘蔗汁从笼头汩汩而出

生长期是漫长的
榨成汁的过程却不到一分钟
挤压声中，饱满的身躯进去

出来的是干瘪的残渣
——因为失去了压榨价值

而留下来，也留下一群蜜蜂

无数次，我也这样殷勤飞舞
从这一处到另一处
为了形式上的鲜美可口而忽略了
无处不在的机器，早已将
有着丰沛滋养的领域，压榨一空

2022. 11. 21

现榨甘蔗汁（二）

一根甘蔗现榨的汁液
灌满了一整个塑料瓶
我把它拿在手中，可以
随时打开喝一口。遥远的甘蔗林
远在它们长成之前
压榨的机器就已等候在此

如同一首诗诞生之前
无数的词语、语法、修辞……
已经在写作者的记忆里堆积成山

不再用牙齿咬嚼的甘蔗
通过坚硬有力的机器
让食用变得轻松简单，甚至
因为喝起来太甜，口感有些发腻

写作也不是
抽出几个词语，随意搭配组合
如果不想成为造诗的机器
就必须从一颗种子的选择开始
让曾经的生长、收割、搬运
不被最后一步速成的环节掩盖

这是充满回味的立体世界
不会让我们轻易握在手中

而是需要在反复咀嚼

品味、吸收中，抵达肌肉酸楚

而舌下甘甜的，多层次口感

2022. 11. 22

太阳

像一粒种子，埋在云层之中
也像一个浮标
在波诡云谲的大海，时隐时现

隐身时，云层是过于厚重的泥土
阻挡着种子破土
出现时的万丈光芒，是顷刻间
抽出了无数无形的枝条，阴冷感消失了
我的脊背得到了意外的抚慰

天气预报说今日有雨
在今日来临之前，一把伞
和一颗蜷缩的心，早就已经准备就绪

有人说诗是一个意外。正如此刻
太阳在云中穿梭造就的忽明忽暗
忽冷忽热。在想象力被人类
各种各样的预告，不断冲淡的年代

我翻开自己曾经写下的诗句
在早被定义的今生之岸，看一看
以各种面目出现，但永恒存在的太阳

2022. 11. 23

石头之水

群山中的冷水溪，有些清淡，有些神秘
石头在流水中
几个世纪都没有移动
青苔覆盖的地方，是石头在呼吸
消解了烈日的火气

鱼在水里游来游去，像一团雾
潜入冷水溪透明的血液里
鱼的骨骼和流水的骨骼轻微碰撞
有时候融合，有时候分裂，却都无法远离

呼吸的石头，需要一双手
把它们从水里捞出来，像再次出生
其实身体之外，可卸下的很少
棱角都已磨尽，坚硬的容器内部
总是装满流水的柔软，满怀幻象和光影

我也想这样，从时间的流逝里
捞出自己。每一次蹚过故乡的冷水溪
踩在卵石上，汹涌澎湃的心跳，慢慢平息
寂静中听见了石头内部的
潺潺水声，遮盖了一切

2022. 4. 18

溪水流动

一

白车轴草仰面静候天空
由亮变暗。木桥凝神屏息
记录着来来往往的人
是否仍有第一次来到这里的脚力

一天将尽，溪水的流动
没有变缓，潺潺声有如
此地独有的自言自语
在满目青翠中加深了寂静

那么多平常的事物在这儿
组成眼前独有的问候
那么多树木、溪流、茶园
被云雾遮住了世俗的一面
和相互对立的部分

树间鸟啼，草丛虫鸣，还有
迎面而来的女孩怀里
轻声细气的小猫
就在此时、此地
不倦回应我的语言有那么多

这些跟我越来越少的辩解
有什么关联呢？只要撕裂的大地
一直被溪水缝合，重返的春天
像第一次被看到那样，陌生如初

二

溪水漫过石坎跌落的声音
如絮语，如乐曲
一直在林中，先于脚步声投放

我幸运是那个被投中的人
在没有道路可以继承的废墟里
只有一直沿着溪边走

曾经厌倦它的永无止境
向上寻找源头，还是向下追逐结果
已有多久，我站在原地

看着青苔覆盖了石墩的落脚处
一次次按下，去对岸的冲动
在溪水的流动声中我听见我

心脏偶尔不规则的跳动
仿佛隐藏的证据在水落石出
流走的血液总有什么沉淀下来

那些淤积的将继续吸引细碎之物
成为更多石子出现在溪水中
这漫长而曲折的流淌

需要丰盛的水量和陡峭的高度
如击弦，如帛裂
在亘古的路上注定成为短暂的现在

三

从城市的这里，到达那里
公交、地铁、自驾车……
在固定的道路上
仿佛奔向远方的溪水
充满了流动的合理性

少了逃避和邂逅的可能
多了单调的统一
为了去往更多新址
也为了撤离令人厌烦的老地方
我乐于住在溪边

像一块石头，有时安于旁观
有时乐于驻扎水中
加入幻变的世界。出行时
则成为叶片，随溪水流淌

而本质上不过是小草

历经一年又一年丰水期
和枯水季，在半荣半枯时节
再也做不成石头，那么坚定
也变不成叶子，那么轻盈
支流正在消失，生死避无可避

但可以邂逅那些被祝福的
和待忏悔的。重要的是
当我看到屏幕上的马丘比丘城
一棵草也想逃至山脊
眺望另一片，完全陌生的大海

四

××路公交车在我到达站点前
一溜烟跑远了
相对而言，地铁是仁慈的
许诺几分钟后，会再次出现

我只要等待，就有很多方式
四处游走，在全然的盲目中
只要知道地名，现代化的交通
就会把我捎走，再捎回

路太长，路两边的风景生疏
人太小，而人组成的水塘幽深

有的抱石而沉，有的削轻骨头
在水面漂浮，更多的踟蹰在沉浮间
而时间的溪水不停流动
不管一路上多么曲折隐晦
始终有清晰的来源

但从未有过回头的举动
不管有多少淙淙细流
在流入大江后
就不再追问每一滴都来自哪里

在途中，该错过的都已错过
该等待的已经等待
唯一遗憾的是，我再没机会
依靠自己的双脚
体验到峰回路转的快感

五

溪水流到某处
变得深邃
不知多余的水从哪里来

绕着山脚而过的溪流
通常在这里
有峰岩像盆景被玉盘托起
当水位升高
峰岩底部像糖果被溶化

那里通常也是
扎猛子的好地方
小伙伴们当中，总有一两个
拥有令人羡慕的好身手
一潭深水
仿佛天生为了他们放弃流动

一切只在体内发生
屏息、潜入、浮出。神秘的
深潭之下
我的童年一次也没去过那里
现在更是丧失了
不计后果的信心和勇气

这让我一直
只喜欢看那浅浅的溪水
在阳光下透明地流动
落叶正在赶来，*潺潺*声里
由内而外的光芒，四散飘溢

六

溪水洗净了村庄一个
又一个夏天
终于在我遗忘它的时候
消失了
卵石、沙粒、溪鱼、青苔
这些名字演绎的空洞
随之产生
在我和它们每天相处的日子
从没想过，每一天的流淌
会变成有一天的完全失去
无知就是幸福
在随时会出现断流的年代
满目尽是消失的溪水
却总能找到替代品：
每年去九溪踏青的我
被我遗忘的村庄，以及
来过却不知为何而来的东西
使我相信
不是新的一天从千里之外流入
而是一种自发秩序的修葺
让用于替代的溪水，永不干涸

七

溪水流动，像一条
在光影下不断更新的长句
或通道。清晨去而复返
把黑夜收藏的未来
悉数置换成冠冕，或
瓦解为碎镜，是的
这正是每一条溪流的宿命
当它们缓缓流淌
没人解释，低处为何也有方向
而正午令人恍惚，山谷里
苦槠树花序如白雪
随暖风簌簌落下。又一个春天来临
石汀上的影子步步为营
回望时才知，皆为步步落空
除了偶尔被青苔依附
它们只负责为溪水
在越流越低的岁月深处，创造
最后几次加速的机会
一种更低更纯粹的生活：
溪边每一棵草木即是
句子退守成不表达任何悲喜的字
而一条通道
把高处带来的泥沙，卸入大江

八

一片茶树的枝叶被修剪后
不再被风，轻易动摇
仿佛无眼无耳，在枯寂中
一心等待来年春天的脚步
还有尚未修剪的那一片
似乎不知道自己也有一天
被采摘后，将会
继续抹去残存的感知力

同是明日幸存者
一起倾听自然的水声吧
同是滞留的旅客，一起等待
山峦一样重重叠叠的偏见
倾覆于自行失控的那一刻
已是四月末，它们虽身披青翠
却渐渐显得孤立
几个采茶女头戴斗笠穿梭其中

此刻，石板路多余
板栗树开花时的气味多余
我被蹿入眼眶、鼻孔的飞虫
驱赶着，先于溪水边的茶树
逃离现场，在放弃了一切

多余的人事之后，我的多余
如溪水一直向前流动
不被任何熟知的耳目
重复看见和聆听着，以致厌倦

九

不确定还要奔波多久
在一次次拐弯之后
呼吸随着砂石渐沉
一直以来
我不知所等之物在哪里等我

溪水轻盈。不需要言辞
就让我读懂了它的信仰
鸟声婉转，没有人知道
它们隐身何处
却仍然能够抚慰低处的每一座
"孤岛"：砂石、水草、溪鱼……

微小而众多，在大地
为等待者找到出口而撕开
的裂缝里填空。如果大而美
就会成为茫茫大海上的岛国
如果暴雨出现，沙石也会咆哮着疾驰

在夹岸而生的壁垒

和树丛之间

溪水，是曲折而狭长的梦境

醒于鱼儿越过自身

望向遥不可及处的倾斜里

十

有很多条溪，只有一条是鲜活的

有很多人，都随着溪水流走

有一年，我到过它其中的某一段，在那里

我踩着高低不平的卵石

追着一只蝴蝶拍照，它时而停在石头上

时而停在一小丛黄花里

飞来时无处安放

飞走了便无处追寻

溪两边是鳞次栉比的楼房

好像随时可以

与一直保持身材的青山比高

青山连绵不绝，曾阻挡了许多新鲜事物

保存过村庄和村民的原貌

如今，已通过不断深入的道路

连合成一种无法定义的生活

谁知道呢，溪滩被采挖后剩下的砂石

再也不必去溪边台阶上弯腰洗东西的人……

没有谁想回到从前，虽然

现在的日子总觉得缺少些什么
采挖的痕迹仍未填平
而溪水依旧流动，当它意识到
自己越来越浅，水量越来越少
现实的坑里遗落着我们
始终无法清空，亦无法实现的暴涨

十一

该如何清空那些多余的溪水？
它们在不分日夜耐心地流淌。
有时仿佛干涸了，
但一场大雨又会让那些
囤积的激情从天而降，
溪边茂盛的草木，和不远处
疲倦的老屋，从笔端返回。
而花盆里的花，炉膛里的火，
耀眼过后就完全被清空了，
只留下对明天更进一步的期待。
总是如此：在溪水的恣意
和爬坡的束缚中获得片刻静立，
最难控制的是山涧的陡峭处，
环顾四周所见一切
都在极力固定自己，而溪水
只有流动和断流这两种选择，
流动是过程，断流终成结局，

我们可做的不过是将溪水一词
视为从未诞生，
或遗落在一无所系的发源地。
这时，就算一切不再流动，
但多余的感觉，始终随我一起
寄居在时而对立，时而和解，
以及两者，落笔而成的流水账里。

十二

溪谷、山林、苍鹰、桥
还有几个沿溪而行的人
如果加上一座荒凉的小庙
或形迹可疑的民宅
聊斋里的狐仙就会翩翩而至

回到一片早就无人熟识的土地
公路边的栗子树，村头小水塘
屋舍之间的卵石路
已悄然不见，只留下抽象的记忆
那个时代，只有贫穷值得遗忘

每次重来，都有一些人与物
被抹去，取而代之的是
新房、新路、新的奇异事
小溪有几处断流了，留下岩石

如年老体弱者，再没人环绕着讲古

旧世道换上了新服饰
立下誓言的人青春散尽
深水潭被抽干后，里边除了砂石
还是砂石。人间这聊斋不会变
每一条溪涧都流淌着空荡的溪水

十三

一天劳作结束，汗水与溪水
正一点一点
把它们析出的具象之物
交还到我手里，仿佛
石中采出的碧玉，蚌类哺喂的珍珠
吸引我的不是它们华丽的外表
昂贵的价格，不是佩戴者动人的瞬间
以及，获取的秘诀
也不是谁付出了真正意义上的汗水
映出树木与天空的倒影
堤岸一次次匮缺与修补
最终只用来获得
全然被推倒的瞬间
一代又一代汗水淋漓的脸
就这样被溪水清洗后，又尘土满面
许多身影倏忽而过

从古至今，付出与得到从未成正比

作为流水中的一滴，毕生福祉

只藏在，抽象的流动里

在有限的时间，想要分身成

无数细流，不是为了目睹峰回路转

倾听流水淙淙

而是为了更深地体会哪一种

流淌得更远，更平静

十四

春意盎然里它是

一首清澈见底的诗歌

词语、标点符号、长短不一的句子……

一切如此熟悉又各有不同

像每个人出自同一个造物主，却形态不一

走在同一条路上，却各怀心事

一条溪，不必探究从何而来

去往何处，流到此处时

你看到了什么就是什么

并记下此刻的感受：

和春光一样明媚，或春光

在大地反射的有物似无物

无声似有声，有时候恰恰相反

一首诗，暂且不看它出自何人之手

你读出什么就是什么

也许有几句打动了你，这几句

会在多年后令你想起那个年代

当你某天有幸遇见作者

也许心中会暗自诧异

就像一条溪水流动在不同时间、不同地方

你所看到迥然如两者

怎么也无法想象这么炙热的诗句

竟然出自一支如此冷漠之笔

十五

我的眼睛和山林之间有一道

不断流动的虚空，它越淌越快

我越走越慢。幸好这片山林包容了

所有高高低低的生长，在喧嚣之外

一条溪流连接了所有年代

我一只脚走向溪滩，另一只

踏在沉没的街道上

从杨梅岭下来，走过理安寺

停留在西湖新十景之一：

九溪烟树。千年不过数百步

但要做完一个梦

看遍隐秘的世界却需要一生

在途中，那些溪水

不过是连绵起伏的大地被裂缝隔开

我的行走并没有更接近现实

不过是经过一截又一截的虚空
停下时看见，是一条
又一条的路，隔开了溪水

十六

红枫与鸡爪槭，相映生色，
玉蝉花在水上
轻盈站立。春天不断来来往往，
哪一次我才能将美景尽情拥抱？
石径。石桥。石壁溪水
如随手一掷的一卷白纱，既然
无法回收，不如用源源不绝的时间
制作一幅变化中的图画：
青苔泼洒绿彩，蕨类植物勾勒线条，
在人类不可立足的地方，
我看见一株大树生长在石壁上，
根系裸露。
人们用钢管支撑着它下倾的身体，
看上去比那些平稳生长的树木
更容易趴下，风雨
总是最先击中不适宜，却贸贸然
向上攀爬之物。
而溪水缓缓流动，仿佛在说，
只有顺着山势曲折而下，才能
尽览人间春色后，抵达终点；

只有张开双臂，接受无数条细流，
才能汇聚成深潭，装下更多天空、云朵，
以及草木的倒影。

十七

站在流动的水上，有那么一刻
觉得自己在倒退。溪水清澈
还是十年前的样子，石汀步看不出
有什么改变，仍然坚硬、笃实
能承受日益沉重的脚步
一切因为主观情绪引起的变化
不会在石头上发生。只有外力
才能让它抹去棱角、长出青苔
被搬到岸上，或者沉入水中
蹲下身，感觉溪水，从手中滑走
从高处垂落时它像白色的纱
缓缓浅行时它是透明的玻璃
流入深潭后与众水一起，凝聚成
高贵莫测的碧玉
然后继续向下流入江海。无论我
站在一条溪的哪一段、哪一个节点
我看见的每一滴水都是新的
也是相同的。仿佛能替代流走的那些
时光碎片，所以一切有关失去的沮丧
不会在这里得到共鸣。感谢溪水

永不停息地流动，让我懂得
我流出的每一滴泪水，也有相同的命运

十八

石阶狭窄，一边是陡岩峭壁
长满青苔和藤蔓
一边是清冽水潭
被红绿相间的树木围绕着——
一面嵌在群山中的镜子
从未以素颜迎接每一个人
贫穷的、富裕的
年长的、年少的
时刻映出被我们忽略的东西
五彩背后的衰减，衰减里的萌发
当它们试图说出凋零的语言
我的行走
如溪水流动，在山道上迂回婉转
所有瀑布，都是瞬间的冲动
一种决绝而无效的分离
只有天空这蔚蓝的瓦片
高悬于山顶，那么像海水倒映
除了白云时而浮现，什么也没有
永远那么平静，从不曾流下
任何一滴

十九

闸杆抬起后，车子就驶入了
九溪路。溪水时而在路边流动
时而不知所终
多年前来此地游玩的情景
大部分已经遗忘

什么时间，和谁一起
当时的心情如何
唯一记得的是那次逆着溪水
徒步一直走到了龙井村

并不觉得山有多高，路有多远
仿佛身体被一股向上的力量
推动着，即使到了现在的年纪
仍能在他人身上
完好无损地寄存、回收、释放

顺着溪水流动的方向
放弃这个时代的消极和怀疑
与过去的我迎面接力
像盲目的飞虫
不吝于浪费，更多可浪费的激情

2022.5.9

断句

精致的妆容总在眨眼间消失
镜子也会在愣神时不见

我曾羡慕过他人的盛放
放弃过天亮也如同黑夜的世界

但怎么用力思考，也不过是臆想
我的不幸，是看着不幸之人

仿佛都在替我受罪
也正因为如此，暂时还不算地狱

现在需要的是停下来，如一艘
孤零零的船，停在镜面一样的水上

冰冷才能人间清醒
曛暖只会万物昏沉

但写下那一瞬间的时候
盛开的体验等同原封不动苏醒

2021. 10. 31

记某个夜晚

低矮的简易屋里，传来
外乡口音的交谈。铁皮雨篷下
一只气息奄奄的老犬趴着望向半空
蜘蛛网一般的旧电线

路边几株杂树表情茫然，朝着
茫然行走的我，投下可疑的影子
一切本该属于二十年前
那个小镇的夜晚，而我为何
又回到了从前的灯光下

钨丝仍会发烫，玻璃壳体
自光洁到蒙尘到一个又一个
互为隐藏的昼夜
车流、新树、楼……
以为过去像一枚钉子被拔出来了
直到某个瞬间

一条隐藏在高楼背后的小巷
像一枚不动声色的钉子，平日
看不见，因偶尔一次绕道而行
瞬间让我入身其中

2021. 11. 2

蓝色沙发布上布满猫毛
以及被一双利爪勾起的杂乱线头
我坐在上面
看电视，吃东西，写诗
每词每句，形同不断掉落的毛发

仿佛完成了什么
其实是为了辨认背对大众时
那个模糊的自己。并绞尽脑汁
用词语独特的组合
表达，我也想活得像只猫
随时随地昏睡，也可以瞬间清醒
奔跑，跳跃，猎捕……

只要能安全成长，这些技能
就会轻而易举形成，不须训练
也不担心会退化，据说
动物因为不知道自己的最终结局
是死亡。所以活得特别轻松
它们从不规划明天
所以永远不会失眠

2021. 11. 3

立冬

我进入了冬天，对于
你来说，也可能是深秋
香樟树依旧，而银杏叶黄了
虽然它们在春天
曾长出相似的嫩绿

小区喷泉按时响起。十年了
我只打量过它们寥寥几次
没有什么需要
我刻意等待，或寻找

何时开始，无视一些
不断生成的诱饵
当中年的难题变成，如何克服
一日强过一日的厌倦

新闻里说，又一条地铁开通了
其中没有我想去的地方
也没有更多的语言表达
新路打开的，仍是旧世界

最后一点深秋的色彩
也将被沉默的雪掩盖
它填平了你我之间
感觉的错位，认知的沟壑

没什么需要刻意挥洒

一生中总有一场雪

将隐藏的告别，白茫茫

展现在眼前

2021. 11. 7

意外馈赠

预告不一定成真，阳光在今天
出乎意料的灿烂
在气温骤降的季节交替处
在一切按照计划
平淡前行的复制序列里

可以上天入地
可以填海造楼，挖地成海
这让我常常陷入
自我感觉如此平庸而带来的
歉意和羞愧

我享用的，都是不劳而获
我创造的，比不一颗土、一滴水
给予生命的果效
我想学习辛波斯卡
向偶然道歉，也向必然道歉

曾以为，我在地球上偶然出现
必然有着某种用意
今天在阳光下，虽然风中
多了几丝寒冷，但比预告中的低温
仍有明显差别

这可否算是一种意外馈赠

就像我打动上帝的谦卑

来自我的失败，而且如果

那些因失败凝成的文字，打动了

同样孤独而失败的你……

2021. 11. 8

以诗为裳

太阳落山前
要把晾晒的衣服及时收好
在冬天，阳光是奢侈的

这来自遥不可及处的恩典
因不必回报，而让我获得
数倍于人群中的愉悦

一日将尽，我是从未
感觉满足的阳光限量使用者
除了直接领受，还想把它贮存

在每一字、每一词
每一句中，试图以诗为裳
裹紧体内日益衰竭的意志力

以抵抗始终不能与人世
融为一体的畏寒和惧暗之症
趁远山还没被暮色掏空

感知力尚未被落叶填满
洗涤一净的衣服纤维里
还有残留的天空

2021. 11. 9

皮夹里的单据
不知什么时候放进去
再次拿出来时
重新回到白纸一张

记不起上面曾经打印了什么
在字迹缓慢变淡的漫长时日里
它的沉默
让人忘了它的存在

是一串数字，还是别的内容
皮夹里另两张单据上
还有模糊的字迹，而此刻
我不想费神再去辨认什么了

空无一物也将是它们最后的结局
我仿佛看见那么多
用于追索的记忆
都充斥着没有来源也没有去向的空白

人们终将丢掉它们
没有什么不可以被浪费
我相信脱身而出的灵魂
无不来自，一切淡去后的丢弃里

2021. 11. 12

银杏树

曾经驱车百里，就为了踏入
银杏叶密集的金黄
和纷纷飘落之地
在远离人群的小村镇

它们是华丽的新毯
在暮色沉沉的山脚
它们是一闪而过的焰火
在蜿蜒如蛇的盘山公路两侧
安慰着寒气四溢的山林

我们总是醉心于短时间逃离
赖以生存的城市
以为马路两边的银杏树并不能
为匆匆而过的身影
找到驻足的理由

野花、露水、陌生的脸孔
常常引发鲜嫩的想象力
和远行的欲望
凋零到来时，却比不上
这个城市给予我们的安定感

我们总为近距离的美词穷
看地铁口那株银杏树

一团近在咫尺的燃烧
依然为那些走出
办公楼、商场、医院的人
倾尽全力展现它的美

在我们耗尽了
所有赞美之词的归途中

2021. 11. 20

雨之颂

雨从嘈杂趋向静默
只有被衰老引领的听觉才能触摸
近年来，我渐渐从喜欢倾听
暴雨如注，到潇潇暮雨
当然更多时间，它在我之外

来了，又走。夜里它下着
当我躲避炎热时
它在嗡嗡响的空调声里下着
冬天来临，它从寒气弥漫的玻璃窗外
向热气腾腾的餐桌致意

为此，我错过了多少动人时刻
饱含泪水的大地，闪亮的叶子
果实里充满被忽略的阳光、空气、水
它们是碎裂的，潜入我的眼睛
我的呼吸，以及每个毛孔

它们也是完整的，不在乎芭蕉
还是残荷，在泥土里，水面上
在一切之中，在一场又一场
我视为暴雨如注的击打和吞噬里
留下时光蒸发后，一滴雨最终的形状

2021. 11. 22

湖水在灯光外沦为多余
没有荡漾的倒影，没有岸

身后被催眠的城市
是渐渐丰满的立体图画书
没有哪一页需要我去书写

露台仿佛悬崖
但没用多少气力也没花费
多少时间，今天
我怎么就站在了这儿？

白天看到的湖面，是宽大
而铺满阳光的温床
足以容纳那么多的船只和目光

现在变成冰冷的铁器
我裸露的手仿佛成了它的部件
暂时安置在我身体

还能说，我仍是那一天
那一刻喜悦而完整的我吗？
有时需要记住被阳光抚摸过的
恩典，度过哀伤的夜晚

多余的湖水

可见之处以外的任何地方
均为多余，那场烟火大会
曾经照亮过的湖水早已沦为暗影

没有一个人不是因自身零落
而被渐渐堆叠的堤岸
托举着，站到了意志的悬崖边

2021. 11. 24

听了几十年的声音不知
何时起，已清除了湍急
只剩缓慢流淌。涟漪慢慢消失
常常，我觉得我
是一株来历不明的草木

由另一株无名草木
分蘖而来
何时开始剥离早已忘记
而衰老感一直压制在
誓言般的称谓里

被滋养过的生命即使
自身走向枯萎
仍须担负着感恩之名
用难以触碰到的话语
输送着虚无的失望和希望

此刻，我以不被你听见的方式
向你问候，祝你
即使在不被看见的角落
分蘖出的不仅是孤独
还有快乐和悲伤

2021. 11. 25

多数时刻

晴好的日子，适合出游
看过大山水的人
会发觉，置于室内的草木
就算得到加倍呵护，也生长不出
在野外那种恣意的美
阳台上，一个个盛载过
繁荣景象的花盆，现在都空了
我们在失去心爱之物时的承受力
比不过一座山
而在得到时，关于低调的智慧
比不过一滴水
此刻，我看见钱塘江上
船只来往反复，不知道
它们搬来什么，又运走什么
不知不觉中，山水间的建筑物
增加了许多，似乎
我们和大自然更接近了
其实住在江边十年，多数时刻
我只透过玻璃窗
扫一眼不远处的山和水
高楼不过是容器，移植的生活
是花是草，还是鸟鸣？多数时刻
我愿是晴好日子里，风一吹
便可脱离了意义桎梏的尘土

2021. 12. 4

快艇拖着长长的尾巴从桥洞滑过
在分割水面的长堤上
每座桥连接的不过是
因视角局限而以不同形式
营造的立体景象

四季所能书写的是因人力渺小
而一代延续一代
以山水形状完成的另一种表达：
春天柳树和桃花相间
夏天荷花填补了水面被忽略的角落

秋天有尖塔般的水杉，和火焰般的
枫叶，掩饰每一寸体表的匮乏
当渐渐瘦削的身体渴望覆盖
哪怕是碎片
也渴望璀璨，在短暂的片刻

大雪落下时，每个人看到的
不过是天意降临时
一身洁白的山水和草木
四季之轮回，哪怕没有结局
只因终将融化，而渴求更多的封存

正如堤岸于湖水，船只于码头

还有世俗之墙框住的生活
环绕着往返四季的我们
而更短暂的爱情，从人出发
流传千年后，留下一条神性的尾巴

2021. 12. 6

太阳在楼顶处俯视
暗藏了一夜的黑与白，高与低
生死与日常。现在它们
渐渐显露出内心的分界线

带着浅蓝色的孤独和决绝
在城市上空。太阳变得
不堪远山之远，也不堪，近水之近
它燃烧，改变不了燃烧的徒劳
它等待，抓取不到等待的成果

而马匹一样的云彩，并不撒开四蹄
驮它脱离每日的升起和降落
多么无声而漫远的时空啊
万物都在自己的轨道里

它们靠近、重叠、离开
不过是一个暂居者在此时此地
时常仰望，为了站在大地上
抗衡布满疤痕的大地。天空下
每个人都有眼睛一样充满雾气的窗户

2021. 12. 7

万物的轨道

湖边观落日

此刻，太阳正向湖水全盘托出
它最后的雄心，暮歌在无声响起

向船只、堤岸、道路、树丛
向积木般的建筑。落日的脸
被群山仰看着，由金黄
转为橙红，它很快就会藏起来

交出的光芒则会消失，和树一样
每到秋冬，落叶撒满一地

一层又一层，自己抛出的
由自己掩盖：新可以变旧
旧的却无法转化为新的表面
和人一样，辗转路过的地址

读过的箴言，曾经立下的豪言壮语……
一天又一天，擦去又重写

最后交出的答案，应该空无一字
像从来用不着选择，混沌中
没有表面，没有内核
万物不曾升起，也不曾降落

2021. 12. 9

湖中鸳鸯在众人投食下缔造了
一个欢腾的新世界，一场感官盛宴

一种生动的形体表述
比起人类语言，一天天夕晖里的
粼粼波光，像一种无谓的展示

而波光之上缓缓移动的船
将告诉我们什么，站在岸边的人
与游船上的人也许一生都不会相遇

这正是我们的可悲之处，总在旁观
却不知一出生，就身陷其中

我吸入肺中的空气，也许就来自
你呼出的叹息，我们
被一条隐形的线串联着

只有大自然一如既往恪守它们的
自然之道。但打动我们的水上新世界
近在咫尺却无法带回陈旧的地面

2021. 12. 10

感知风

出现在狭窄单行道上的人正数着地砖
缓缓踱步。一个人也步履整齐，
一次迷途的交叉口也没有误闯。
时间无非是昼与夜，春夏与秋冬；
空间无非是天与地，室内与室外。
在行道树的沙沙声中，不再怀疑
与我同步的，只有均匀排列的树干，
而不是用力开谢的枝头，
第六感，要靠孤独和耐心去开发。
寒风刺骨也无法打乱
四肢摆动的节奏，看上去仿佛树木
比人更有激情，其实是人栽种了树，
却不再关心树，转而一味地感知风，
——无形、无色、无味，但在
控制一切：方向、立场、开始、终结
当枝条摇晃，落叶纷飞，
以为有挥斥不尽的念头，其实只是
单调的合约在不断重复：
生活无非是俯首与低头，生长与凋零，
没有徘徊，没有邂逅。只有风缱绻而来，
呼啸离开，让执念如吹散的积尘，
瞬间完成感知力的过渡。

2021. 12. 17

太阳使人发烫，

风使人发抖。在冬天，

大部分时间里它们各行其道。

偶尔示弱，也只

如一滴血坠入一大缸水，

红色转眼消融于

无边空白之中，

那久久没有波澜的寂静，

需要这样的触目惊心，

也需要事件过后，有能力

看上去像从来没有发生过。

"人生是百分之十发生在你身上的事

加上百分之九十你的反应。"

当天色渐暗，年华渐老，

我的反应还有那么重要吗？

当太阳消失，寒风强劲，

空中的暮云摊开

它们破碎的身体。

2021. 12. 19

老火车

旧铁轨温柔，老火车

有退役者的落寞

因它们而造的公园

是为隐居闹市

而虚构的一种筹码

让一颗心至死都安于同一个躯体

无缝成型，没有任何接口以供

逃脱，但太阳已长出毛边

消失感无处不在

一个站点就是一处缝隙

上去，下来

你非要在此停留的理由

是想在无聊的机械运送中

体会脚踏实地的存在

有时候，身体也需要疲惫不堪

那是给我们的安慰：离开比忍受更难

战役已经结束

没有更多筹码可输

多余的停留，虚构的逃离

明知出发的地方就是终点

却仍然沿着旧铁轨行走，听凭

刚载过你的老火车

转动一圈，又向你奔来

2021. 12. 22

雪的预告

山峦和沟壑同样暗沉
风在无处不在的缝隙里呼啸
但雪到达的时候
它就改为以一种更隐秘的方式
低声说：好久不见

听说雪今日会来，从我
需要经过毕生试练才能抵达的地方
带着空白而来

白色雪花纷纷扬扬
没有我期待中那么闪亮
万花筒并不是每个人
都能拥有
幻变的美只来自单纯的年代

而在一切皆可预告的今日
雪未到达前已攥在语言的手掌心

化为无形的水。没有神谕
因为惊喜从不来自深思熟虑
也从不预约到达的时间
就算会暂时杳无音信
时候到了，自会从天而降

2021. 12. 25

平均主义

柳条还是绿的，这让我惊讶。
它们悬挂在窗框上，
由双方互为决定的呈现方式里。
如今，你也是信奉平均主义的人，
连冷暖和悲喜都没有斜度。
空调吐着热气，在小范围的人间
相信，冬天的气温被拉至
树木得以保持最后的绿意。
湖面上，夕阳会落向哪儿？
如今不必费心揣测，
鉴于它在正午升起的高度，
应该在水平面以下
不远的地方等待，明天的到来。
你的终点将在何处？在同类之间，
除了财富、身高、体重、寿命……
是否有必要计算一下生命
真正存在的时间？
毕竟有些人活着，其实已经死了。
如今，你已成了跨过平均线的替身，
灵魂的光线随柳枝挂在半空，
诗写在纸上，
维系着一支笔对虚构的热爱。

2021. 12. 28

再写银杏树

走出地铁口，那株银杏树
迎面而来。它已经掉光了叶子

每一根枝条连同树干，隐身于
其他树木的葳郁之中

像激流勇退的智者，现在
它经得起寒冷的一再侵袭

寄托过所有，也承受过
悉数失去，最好的时刻正在来临——

一如贫穷者，再无可失
一如富裕者，无所缺乏

阳光雨露尽情享用，不再顾忌叶子
被晒焦和被击落后，被踩踏

在这个世界上，绚烂的东西
总是短暂的，但不包括终而复始

只要双脚一直站在泥土里
在春风到来前耐心地活着

2021. 12. 29

第二辑

梅雨季

我们惦念着东去的河流

又蜗居洞穴

以少数几次莽撞进击

换取再三退却

试探的结果不外乎如下可能：

水面漂来一座旧城

树上长出一片新的荒野

湖边的冷风吹得更为剧烈

风中疾走的人

在小桥稍做停留

感觉是人在流动

而不是时间。桥不曾动摇

任何抵达的执念都是徒劳

流水与风的博弈，只要不停途经

就永远没有输赢

2022. 1. 1

时间旅行

时间的旅行，每年一个站点
越接近今天
宿命的引力越强，感觉到
万物的运行在显著地减慢

仿佛我一转身，就能走进过去
看到一杯失手打破的美酒
每一块碎片，每一滴液体
比记忆中，更加杂乱无序

此时，你需要的只是
假装跃出轨道
反正未来不外乎同一种结果
旅行者不过是这样一种存在：

为空虚的时间赋予质量
膨胀，但和气球不同
收缩，因为反重力的作用
一切都是变化的。时间的流向

让这变化总是朝着同一个方向
依次呈现，而我不过是活在
这时间差里，为梦中的投影
截取一段，现实的流水

2022.1.6

海面动荡，海底平静
我看不见的部分
在主宰我

冬天里，每当我看到楼下
一根失去花叶的藤蔓
扭曲着继续攀援
我也希望我剩下的部分
包揽我记事以来
未曾遗忘的全部

我知道那些过去的
消失的，不足以构成
我现在的壳

当我入睡
置于其中的心跳
仿佛从海面潜向海底
当我醒来
则从海底游至海面

如果相反，那就是做梦
其中发生一些悖于常理的事
突兀，微妙
往往让身处梦中的我

也为之震惊——

为这些坚持冒出水面
随之瞬间破裂的信心泡沫

2022. 1. 7

空气飘着牛奶加糖的味道
在镇上一个冰棍厂里
趁着父亲和厂长聊天的当口
我把冰桶里所有棒冰，横扫一空

舌头有些发麻，腹部冰冷
我获得了当下的巨大满足
和今后数十年
胃部对我的不满和反抗

好在那以后，我对自己
还有更多次的恣意妄为
遮盖了
一个年轻父亲的失职

但一直没被遗忘
至今母亲仍在念叨
假装父亲听得见
我仍是个孩子

来得及取回被忽略的节制力
从造物主那里。因未曾根植
它一次次让位于本能，但并未消失
如银两，一直积攒到现在

2022. 1. 8

散场

幕布闭拢时躁动不安的观众席
走出剧场后
如雨后乌云般黑压压的人群

顷刻散尽。舞台，比悬于半空的
海市蜃楼更为短暂，比路口墙角处
发黑的积雪，更易破碎

那么多故事在其中
找到交错复杂的开端，那么多
狂风骤雨，平息在同一种结局里

过程是多余的——
却比迎面撞上南墙的风
更难以回头

用尽一生伸长脖颈，只等到
那么多灯光在头顶处
重复向你走来、包围，直至消失

抬头看到天空贫瘠的额头上
已空无一物……比沙漠里
芨芨草叶脉里的一滴水，更加孤单

2020. 5. 27
2022. 1. 10 修改

弹琴者

一番调试之后，他开始弹奏
铜鉴湖在他身后焕然一新
它被人改造，既是重生，也是复活
像一个人身份被定义
不是第一次也不会是最后一次

风吹过新栽植的灌木，流水
一般的琴音，从他手下倾泻而出
他身穿长衫，头戴书生帽
但舞台背景板上的主题文字
破坏了怀旧感

观众席里黑压压的头颅
既来自春秋，也来自南宋，此时
每个人是否已将古琴，从新一轮的
定位中取出来。也取出不一样的高山
和高山中，更多的钟子期

那些浩浩荡荡的江河奔流到这里
准备把该带走的带走，该留下的留下
但总有什么逃出了这热闹过后
即刻下沉的山谷，为不断修改的
人间，打开不变的听觉

2022. 1. 12

蝴蝶

一场雨过后，还有另一场
像一个人写下句子
又写下另一句——
其间环顾四周，湿漉漉的风
带着思想的蝴蝶翩翩而来
在花丛中，溪水上。偶尔
停在我的身体
使我误以为自己也拥有花香
和粼粼波光。如今
我已不想多花一分钟的时间
试探若有似无之物
修剪的时间太久
灵魂已经睡着走到了今天
这个时代的风，仅仅是风
宽阔和狭窄没有区别
它看不到自己，所以自由出入
现实的缝隙，和完全敞开的梦
蝴蝶仅仅是蝴蝶
它从一个故事里飞出来
又飞进另一个故事
每次偶尔来到我面前
就会捎来一个替身
检验我，写下每一个字的真伪

2022. 1. 13

年货

越临近年尾，大人们越忙碌
炒瓜子花生，晒红薯干……
而制作高难度的年糖
要把师傅请到家中

那是我盼了一年的场景：
把糯米、芝麻、花生米倒入
正在熬制的饴糖里搅拌
然后起锅、定型、压实、切片

等冷却后，一包包扎好
整整齐齐放进饼干桶
最难挨的莫过于接下来的日子
它们总被放在隐秘处

像捉迷藏，我把它们
一次次取出又一次次归位
直到现在，令我印象深刻的
不是年货的美味

而是寻找过程，和身心
因抵抗欲望带来的颤动
它们现在消失了
像写作者找不到词句表达自己

——在某次意犹未尽中
我的手触碰到冰冷的桶底
我的童年也随之见底,包括
在极度渴望时生命特有的弹性

2022. 1. 14

曾经的一次等于很多次
每一次幸存，由很多次消失组成

催人低头祈求天上的赏赐
看到一片云，落在不同的水中

像一面镜子蒙了光照
仍要忍受流水般的日子

关于苦难的映射
和幻乐的追念

一次就能体验到自由与束缚
浮与沉，是幸运还是不幸

还有一点时间，别被舞台捆锁
在万千目光下，成为戏景

别让一个词，自囚于追念
要嵌在不断生出的句子里

一次摆上，让不同方向的映射
只用以显现，一颗勇敢之心

2022. 1. 19

夜行

脚步声像齿轮，一再啮合
离去之人。黑夜漫长
是为了虚掷的月光
隐身的悬崖，在磕磕碰碰中着地

那么多峭楼孤塔像船只
转过头，向你破浪而来
天空灰暗，江水倦流，挥手和招手
都在转眼之间

或反复失联于昼夜交替
当你倚着岸边栏杆
就着江风看见一只鸟
与迎面而来的气流互相确认

最后你站在甲板上，像一杯
露天热茶。对自己说，吹一吹吧
唯有寒冷使你轻盈，夜行中
令你不安的白色呵气正在消失

2019. 11. 19
2022. 1. 20 修改

刚从床榻脱身的人
看见它也是枝叶蓬松仿佛乱发

置于雨天的感官是一些
本该凌空垂摆的东西，现在
逐一匍匐于泥土，感受压缩的心跳

但只要一束光，就能看见
其中的呼喊和沉默，在风中
瞬间涣散。不需要再束紧了，多少
瀑布已经干涸，跃下后再没有站立

多少给予生存之地的空间
也抑制生命舒展，从一堵墙
一圈盆壁，以及，一段不为人知的往事里
突围而出的人。在这个冬日的清晨
依然保存着另一个世界——

那里，蓝天高悬，光线散漫
迎风摇曳的枝条末端
开着几朵，怯生生的小白花

2019. 10. 25
2022. 1. 22 修改

反方向的伞

走出地铁口，
在天和地的交谈声中，
雨在持续，而垂直地询问我，
夹杂着车子驶过地面时的
沉闷轰鸣。
被雨水浇透的樟树一如往常，
坚守脚下方寸之地，
它们曾看到许多在此经过的人，
被雨冲散成，平行的细流，
却不知道，雨也和我一样，
需要一面反方向的伞，
使没有答案的泪水得以
拥抱着落地，带着下降的暗礁，
和体内不断上升的水位。

2020. 3. 8
2022. 1. 23 修改

从楼上向外看棋盘一样的地基
仿佛在等着我定位
当一个棋子试图走动
自有无形的绳索，将之牢牢捆绑

从两幢半成品的楼房
可以预见，所有地基未来的样子
而每个灯火窗口在完成无数次熄灭后
仍不知明天是否会准时亮起

永不知疲倦的建造，是为了
更多的坍塌，遥远的古人啊
为何你们繁殖出一代又一代
仍只复制了你们的遗骸

只有刀和纸是新鲜的
在这个把刀最终刺入自己的心脏
唯有白纸不受撕裂的终点
夜幕逐渐打开的

是黑暗，是此刻干涸的笔

2022. 2. 4

凌晨三点的城市

没有迷途者，只有挟持和被挟持的人
在黑黢黢的行道树下
滚动着昏暗不明的路
两旁的高楼我曾多次跨入
却无法使之成为
一个暂居者的庇护所
光线一闪而过
只有隧道明亮，覆盖我的视觉
照耀变形的人体
令人窒息的面罩
丢失的嘴巴
正驶向无尽虚空深处
雨的雾气笼罩整辆车的窗玻璃
用手擦去，一个新世界被虚构出来
该画的都画完了
只有几个玻璃窗上的手指印
仿佛在告诉人们
"那带种流泪出去
必要欢欢乐乐地带禾捆回来"

2022. 2. 5

看不见的旋律如光线
在伪装成盲人的弹奏者手中缠绕
不为任何在世者松绑
不为任何多余的描述而摸索
无用的真相

弹奏结束，依然是这一个
丧曲和生日歌中不断被质疑
却依然故我的世界
不论是观众，还是演员，都需要
不断伪装出一种去除厌倦的勇气

谁都想夺人眼球
虽然真实的旋律往往来自
看不见的事物。谁都不想隐身
只要丑陋的一面不被识破
形式上的旋律便可四处逃逸

就让无辜的双眼只剩轮廓吧
看到的盛况经不起推敲
不如用一种比落入虎穴龙潭时
更能激发斗志的盲目之力
走出黑洞一样的心脏

2022. 2. 10

三餐的问候

我们开始评论酒店房间的色彩搭配
墙纸、地板、桌子和床
并在有限的影视资源里寻找
悬疑类的片子，以期能尽快看完
十四天囫囵吞枣的时间。取暖器
持续运转着，不停发出均匀的声响
仿佛窗外一直在下雨。事实如此
这场雨贯穿了上一年的结尾
和这一年的开端。雪花片片
在朋友发来的视频上飘了一会儿
地上那薄薄的一层，令我对自身
为何落在这个地方充满悬疑——
一个无力加深积雪厚度的诗写者
一个每天被检测是否安全的疑似病患
对假寐之心的问候，仅仅有赖于每日
快餐盒里的两荤两素，以及
清晨的一碗稀粥，一个煮鸡蛋
一个馒头，佐以酱黄瓜，或榨菜
有时红丝绒，或抹茶蛋糕
也会出现在一次性竹筷的凉薄里
让我在沉闷进食中
品尝到一丝丝简描版的甜蜜

2022. 2. 11

二月风从江边吹来。走出温室的人
缩起双肩，眼睛在口罩之上
像刚复燃的灯火，左右摇曳
在被沉默席卷的大街上，无所适从

看不见的江水，时而疾行，时而
随波逐流，永不能使麻木的嘴唇翕动
堤岸的稳定性源于那么多
相互咬合的石头，安于命定的排列、搭配

没有话想说，只有风如媒介
送来沉闷的喘息，对应扭动的芦苇体内
混乱的逻辑。天空中，难以名状的云
地面上古老的影子

只有扩音器和传声筒永不疲倦
庆祝新石头不断诞生赋予落地时
陈旧的名字，一再深入喉咙，仿佛在探测
弃用的嘴巴里是否真的空空如也

2022. 2. 16

雨雪中观西湖

裸着身子的山水站在雨雪中
吸引我，从曾经
瞬间被弃用的庇护所中走出来
方向盘和电台也是临时的
一路共同制造及聆听
"我的汽车有话说"
需要经过他人之嘴表达的
不仅是机器，虽然我的存在
于某种程度上不过是一个
又聋又哑的机器
当我意识到这点，雨雪
是我无法说出的话，落在眼前
落在被洞穿了胸膛的玉皇山隧道
落在南山路、北山路、杨公堤……
它们落下来，装扮裸露的人间
自己却如蓬头散发之人，涕泪交加
只有湖面如此平静，正因为这样
几千年来它一直都在
而我是临时的，我的热忱和捍卫
我的抱怨和颓废，连抵达
都是多余。当我意识到这点
看见雨雪中的西湖
熟悉的依旧熟悉，陌生的永远陌生
几千年来一直如此，遍布每条路每个脚印

2022. 2. 17

江边柳

一排柳树在风中摇动

只因伫立在江边

才觉得自己与众不同

而一条江呢

始终在漂流中迎接

新人、新船、新城市……

江水没有回头路

新的江边柳，它的前缀

并不在于拥有什么新事物

只是挪了一下位置

从一个地方来到另一个地方

依然冬天落下枯叶

春天发出嫩芽，只是树干

越来越粗糙

在看上去风起云涌

又亘古不变的江水之畔

每一棵都像某类热衷于思考

生存该附着于何处

却永远无法迈出命运辖区

的陈旧物种

2022. 2. 18

无题

花儿还在怒放的时候
也可能突然坠落
一阵猛烈的风
一次不经意的摘除

这两年没出过远门
置身熟悉街道的风景里
看见顺时序的花开花落
也感觉到逆时序在不断降临

一朵、两朵、三朵
或许还有更多数不清的
尚未耳闻目睹的凋零，虽然
形状、颜色、香气各不相同

但无一例外，不会减轻
一株树的负重
也不影响一树繁花的盛宴
只在阳光灿烂里

留下忽长忽短的影子
在随处可见终点的路上
生与死之间的战争为什么
总是没有预告，和所祈祷的结局

2022. 2. 22

时间本身

让时间在打盹中还是在劳作中
流逝？当我纠结于
一只猫和一个人相比
谁活得更有意思
我正被今天的阳光包裹
黄昏到时，它将拒绝我的挽留
从西边落下，呼应疲倦双眼的安眠

自然界的规律，总在时刻宣告
没什么合理的存在
也没什么不合理的消亡

昨夜下了一场雪
这是今年冬天的第四场
一样消失于地面，一样带来寒冷
带来，这次与上次的对比
以及对下一次来临的永难捉摸里
渐渐失去揣摩的兴趣
追逐的勇气

夜间雪悄悄下，但我只听见
飘窗上酣睡的猫
呼噜声此起彼伏，比年轻时
克莱德曼的钢琴曲更为动听
当我每天醒来，依然为时间

在打盹中还是在劳作中
流逝得更有意义而颤抖
即使发现答案最终来自时间本身

那曾经逃离的正是我现在匮乏的
现在喜爱的和曾经憎恶的
也许最终是同一事物

2022. 2. 23

否定之冬

这个冬天回避不了判断

该谨记的都已谨记

不断憋回去的话，止不住

被呵斥的命运，滑向更低迷的深渊

不断剪掉的鲜花去向不明

经验之血再也不支持誓言的兑现

寒冷不足，江河湖海在凝固前

留不下任何蛛丝马迹

黑暗不足，星星浪费了浪漫

灯光的涣散和有限承载不了

夜行的天真，永恒的太阳

跨世纪的声音，改变不了路的转折处

峰峦耸立，此时此刻

不管是爬上去，还是在山脚徘徊

都不妨碍新鲜的空气

短暂洗涤，呼吸困难的肺，只有

不停的车流，粉饰着一切都有去处

只有站点不计其数

等待更多粉饰不了的否定

交给退入人行道中的人

从狭窄的喉管里慢慢走出来

2022. 2. 24

拒绝和接受

孩子们围着帐篷嬉戏

在晴朗的下午

温暖的草地

不会拒绝在雨雪天遗忘它的人

就像风不会拒绝种子的播撒

果实腐烂了

新生命在其中

在从头再来的破土里

仿佛被他人第二次接受

只有风知道

重新平静的水面

不是来自消失的涟漪

那些古老的河床

只有等河水完全干涸才会显露

拒绝和接受

都需要深深的遗忘

像一个人在三岁之前

或者退回到更远一点，那时

我在哪儿呢

在我不知道什么是拒绝的时候

身体的本能就是语言

饥饿中寻找，落空时哭闹

我听见过婴儿吮吸奶水
那满足的声音
不计此前有过任何哭泣

——河水在越来越快地流淌

中年之后我只寄希望于
最后的衰老
可以不计后果地忘掉
如何接受，也忘掉如何拒绝

2022. 2. 27

芹菜生活

太阳渐渐西斜
日落时分
不要急于放入盐

芹菜刚进锅时的体量
会影响判断
水分流失如同时间

刚摘掉带泥的根时
散发着植株香味的新鲜
和被炒熟时的鲜嫩
有同等吸引力

加入适量的盐
是一门技术，还是艺术？
当天色完全变暗
雨越下越大
自主选择之事还剩多少？

昨日菜园，刚下锅的芹菜
也许所有的开始
都是蓬松而阳光的
尤其在寒冷的冬天

火炉里越来越少的炭

不要轻易添加
就让它冷下去吧

冷与热，咸与淡的沟壑
并不值得填平
如同幸与不幸之间
正慢慢变得平整，而荒芜

2022. 2. 28

雨中城

雨中的街道、楼房、绿地
被冲洗一净。看上去却是
灰扑扑的，像积重难返的旧物
更多的水洼，更厚的水面
没有反射的光线
仍然只是死水一潭

除了风在窗外呼啸
顽劣的孩子在头顶奔跑
没有更多的声音可供增减

我需要能够调节的听力
像一座城市拥有旁观的能力
只要黑暗的巨网
没有彻底编织完成
柔软的神经就经得起
暗淡时刻的反复磨折

雨中霓虹像犹疑者的眼睛
无声闪烁，仿佛在思考
最初以为能够抵抗黑夜的城市
为什么最后成了
被黑夜塑造的形状

2022.3.1

隐匿的酿造

有什么能让胶片拍摄
与电影放映，同步进行
当你看到他人的表情
一颦一笑那么真实
又如此遥遥相望

隔着时间目睹一切：
用隧道隐藏移动的喧嚣
被一条路隔开两侧的世界

如同梦中出现的场景
大多来自遥远的人和事
弥补现实里找不到的出口

那些暗中誓志得到的荣耀
恰恰成为暴露于尘世的耻辱
有一杯苦酒始终放在桌上
它看起来没变
只在两次啜饮之间隔着酿造的过程

2022. 3. 4

之间

雨落在眼前，沿着挡风玻璃
表面。向上爬升——
两种透明之间
形状的边缘构成有色界线

显形的结果为撑满后
起点即是终点的圆状物体
一边开始，一边结束
我是造物主的一闪念

为水滴时，驰骋速度越快
便逃得越快，途中留下的痕迹
仿佛一路甩掉的无望和渴望
让剩下的，更轻盈地向前奔

为气泡时，像我看到闪电
划过天边，像写满诗歌
的纸片，没有变得更重
注定一张接一张飘走不知去向

渐渐慢下来，水滴停在玻璃上
等待雨刮器左右摇摆
无论扫向哪边都像一记闷棍
我侥幸停在，水滴的现实和气泡的想象之间

2022. 3. 6

一场非比寻常的庆典
从惊蛰开始
步步高升的气氛
需要如下几部分组成
葱茏而湿软的地面
仿佛找不到落脚点

而我的诗恰恰以此为基础
词语是砖块
思想的水泥砂浆
在一次次自我搅拌中
艰难搭梯

漂亮的新外套五彩斑斓
我的诗是落在上面
不入流的野花、蚂蚁的断足
拿在手里是不精致
却透明的玻璃杯

装满渐长的白昼里
堆积的白日梦，晃动着
红黄蓝……各种各样的念头
从未定形，又随时变形
只为了契合被稀释的爱和怜悯

还有在春天里鼓掌的事物
仿佛跟随天地万物
设下的典范
在履行庄严的承诺

但雷声隆隆不再代表正义
细雨霏霏何尝不是
无声的审判，我的诗通常
有一个枯枝围成的入口
用来通向你
以及，我们皆属其中的春天

2022. 3. 7

忽冷忽热，从远而近
不断有一些
触摸不到的地方
像光滑的皮肤被炸裂，等待抚平

镜头记录下满目疮痍
钟声将人心的不安
引入每个角落
只有猫午后的沉睡，保持着
一个狭小空间的和平与安宁

翻出经过一个冬天
散发霉味的帽子让阳光暴晒
我很久没戴着它们去到远处
连做梦都没有

为终成灰烬的花朵加水
它们残留的香味，已飘不远
城市一片葱茏，人们却
在越来越凝结的气氛中
习惯隔窗与他人相对而坐

兀自经过窗外的鸟
一直飞在我触摸不到的半空
我终是一个局外人，借他人之力

捕捉不了什么，但足以保持
片刻的敞开，哪怕只是一小扇窗

也会惊醒我身体里越来越少的春天

2022. 3. 10

树

逃离的冲动不属于你

驻扎是无奈之举

漂浮找不到停靠的岸

伫立处，没有避风港

风大你的拍掌声也大

风柔你的拒绝声也柔

平等是昂贵的交易，向天空

生长多高，钻入泥土就有多深

你不知道鸟将飞向何处

但懂得蚂蚁的不幸

来自，意志被强力和诱饵

交相作用着，列队爬行

星星在一条树枝的顶端被摇落

然后，太阳也在这里被高擎

仿佛一切都以春华秋实的名义

失去后，又得到，只要还有种子

就会把相同形状的叶子和花

临摹无数遍，每年向我们显现

相对于人类，更古老与顺服的凭证

2022. 3. 12

油菜花田

油菜花预设的视觉冲击
带领我，投身
一大片黄绿相间的花田

春天是魔术师在制造假象
并非时时花茂叶盛，而是
要每天接受与昨天的差异

至于明天，永难捉摸
又暗藏玄机。昨天走在小区外
的人行道上，香樟树黑色果实

随双脚沉重的踩踏发出脆响
夕阳下的江边，有人漫步
有人奔跑……仿佛一切如旧

春风中飞驰而过的滑轮
不知一个人的青春早已远去
它单调而急速的声响如同宣告

吸引我又嘲笑我。今天外出时
看见各种花儿次第开放，如果
不去郊外的油菜花田

我就不会发觉自己情愿

那些稀疏的花朵全部退回到
花苞的紧致和细密。光线还未强劲

衰败的力量使寒冬永不消失
我们都在一条路上行走，带着
幸存者的本能，避开蓬勃的陷阱

2022. 3. 13

狂风大作

从地铁口出来不一会儿
突然狂风大作
树木的叶子纷纷飘落
和尘土一起
从我身边快速消失

那些没有被风吹走的东西
我同样看不见
也许因为彼此的遮蔽
哪怕它们一直都在。雨点、冰雹
是什么在决定，我能经受多少

明天我会重新踏入阳光
树叶闪亮，尘土静谧
揭开真相的好奇心使我
不至于被绝望吞噬
在一条路接近终点的时候

我慢慢开始学着忽略
被狂风吹走的
井然有序和安全感
接纳它所带来的混乱和无助
以及越来越破旧的忍耐力

2022. 3. 14

柳树刚长出新叶，

百花才绽放出几种，太阳

就开始迫不及待地燃烧。

三月，炙热如夏，

相约喝茶时，

我们谈到万物的秩序

并非那么严谨，

生活总是以它不时发生的意外，

对我们进行一次次

继续教育。去年桂花

十二月还在绽放，

今年梅花的花期迟迟不来，

要经历拉锯时刻和反复提醒，

才会尘埃落定。这也许是好的，

让我们在得到一个结果前，

充分准备；

这也许是坏的，我们常常

在最后一刻失去信心。

花期如约，而对他人的期待，

总在多次落空之后，

变得没有期待。走出茶室，

紫玉兰硕大的花朵开得

简单而纯粹，几乎令我们

忘了繁荣的短暂、蜕变的烦恼

和疼痛，接近诗者

需要的不动声色——
当春天如期而至的花朵
稀释了体内渐渐堆积的落叶。

2022. 3. 15

香樟叶

为满地的香樟树叶找一双
怜悯者的鞋底，和诗写者的手
这世上绝大部分的人
都是叶子
毕生在给自己造梦
花朵梦、果实梦、栋梁梦……
有时会有一场大雨
将这些早该认清的现实
彻底击打在地后，等待腐烂
那些色彩在雨水里更鲜艳了
看着怎么也不像赴死
而更像涅槃
离开了高高的枝头
陈词滥调的鸟鸣，以及永远
不会单独落在身上的阳光
坠落中，地面在抬升
永不可逾越的距离在缩短
如同乱世里的众生
躲避不了无情的踩踏
但熙熙攘攘的诗作
总有几句，在书写之手垂下时
从灰烬中萃取出来，被反复传诵

2022. 3. 17

香樟叶（二）

香樟树没有任何指挥体系
红色落叶连同黑色果实
像空降兵一样
却不需要任何物体掩护

它们落在一块块冰凉地砖
连接而成的人行道、广场
钻进柔软潮湿的草丛，漂浮在
无从向我传递宁静的水面

不管站在街旁、空旷处
还是泯然于丛林，它们
很少离开树穴周围
也从不刻意排列、布阵

没有目的，就无须搜肠刮肚
如果可以，让一切
自然发生，每落下一片叶子
或一颗果实，都不是丢失

是根的压力变轻了
树冠和树干的结构一目了然
没有需要躲避的东西
没有令人走失的迷宫

没有某人将众生
陷入泥淖的出师之名
借着权力失控的枪炮，飞上
高空，再落进自己轰出的深渊

生命随风坠落，是为了下一轮
不止息的生长。而不是
孤独地暴露在遍地废墟的战场
被火燃烧着，赤裸裸地通向毁灭

2022. 3. 23

樱花季

春之气息从樱花的纷纷扬扬中
呼之欲出，在同一片樱花树下

我看到几天前，它们仍是
芸芸众生的一部分
即使站在我面前，也看不出
有任何优于他人的地方

而现在，只要从远处经过
就发觉整片土地，都散发着
迷人光芒。在自然的镜子里

一年又一年，我看到的不再是
一朵樱花，花瓣、花蕊
花柱、花梗、萼片……
具象的描述令人厌倦
不断培育的品种难以逐一识别

这么短的一生，这么多的生存方式
来不及亲身经历，相互羡慕
或鄙夷，永存于熙熙攘攘的人群

而每一种相同结局的花朵
身在其中，悄然掠过
时间，这一面人为的镜子

我写下它抽象的线条，就是
在用同一种方式感知任何事物
在深知"冬天终结于心"的今天

我依然喜欢"春天开始于形"的樱花季
——那浮光掠影的感动

2022. 3. 18

怀疑

不断下降的温度，到了
春分这一天，在瑟瑟发抖中
令我怀疑，春天是否仍在这里

阳台上的衣服单薄而暗沉
仿佛没有新过
也没有谁穿过的印记

它和几个洗净的布偶挂在阳台
空荡荡地摇晃了好多天

可以想象
当它刚被裁剪成新衣
应该多么契合着衣人的身材和气质

现在它的旧已经不可逆转
仿佛衰老之人
的剩余价值，所剩无几

我愿意与了无牵挂的布偶交换姓名
却没有随时掏空和填充的力量
一个又一个的布偶被我丢弃了

为何我还在这里，被寒潮簇拥着
日复一日地输掉手中的筹码

无形、有形；肉体的、灵魂的

却不知道春天什么时候来
什么时候走

更不知把自我撕成什么样子
才能恰好进入千百年
由来已久的罩衣

2022. 3. 22

高处

春日沉寂，有一些花儿
在雨中开放
有一些叶子在阳光里凋谢

高处空空如也
高处深不见顶

但重力仍是创伤的源头
在山林之中，在目的地之外

星星陨落不是第一次
也不会是最后一次

鸟的比喻用了很多次
但我们终究不是鸟

天空是云朵的家园
而我们连过客都不是

夜深了，高处依然星光璀璨

2022. 3. 22

郁金香花朵开败后，
茎叶依然翠绿。

我还没丢弃它。
放在阳台上，它仍是一道风景，
在极少数人眼中。

一个旧物被世界慢慢疏远，
或者自觉
提早拉开与世界的距离。

开败之后要躲进僻静处。
在天空、泥土、清风之中，仅需
无限的耐心，和有限的遐想。

子球、播种、组培……
繁殖方式越来越多，仿佛
在时时告诫那些不甘的灵魂：

一切消失都是更新。

2022. 4. 8

丢失

植物的丢失不会留下痕迹
但并不等于一直都在那儿
立足的土地更新了
高楼立起，道路拓宽
移植而来的时候，从没想到它们
在原地拥有过什么

我们从不在乎这些
山中、公园、建筑和街道旁边
植物在雾的装扮下焕然重生
包括自己在内
故地、他乡、中转站
他人住旧的地方依然不乏新鲜感

对一个丢失者来说
逼迫的力量也许熟悉
也许陌生，或者，可能是一场
看不见对手的争战

书上说"这些人是无水的井
是狂风催逼的雾气"
由此构成了我对一个城市
永恒的印记，虽然眼皮沉重
关节疼痛，却从未
找到过甩掉身心多余水分的办法

雨停了，枝头上湿漉漉的花朵
以为是各自独立的个体
其实是被同一张网缠住、制伏
在不可能量身定制的春天里
每挣扎一次就丢失一些

2022. 3. 25

多余的水

地板、墙面、天花板……
擦干又冒出来的水珠
挂于其表

拧了再拧的抹布
不一会仍是塞满的

水汽太多了就转化为水
许多伪装遮不住了就显出真相

而真相不可得
需要那么多的悲剧堆积
那么漫长的时间消耗

谁都想轻盈地自由飘荡
但总有拥挤的撞击
让我们面目全非

让幻觉沉甸甸地下坠，成为
多余的水，等待蒸发，或抹去

2022. 3. 26

春日

一个个水洼毫无规律地
分布在一大片草坪上
烧烤的人群里飘出的油烟
随着风向来回游走

满目绿意中烧得通红的木炭
滋滋冒油的烤串
一望无际的油菜花海
棚子里鲜艳欲滴的草莓

让长久陷于激情匮乏的人们
汹涌而来，又带着嘈杂声
逐一离开

一只风筝在空中飞翔
被收回之前
每个人都可能是放飞者
在它消失的时候却只有我紧握空线

我们的食欲产生呛人的浓烟
我们的沉重学会了借风而动

油菜花田里，一只蜜蜂围着花朵
飞舞，我听见它翅膀下的鼓膜
发出嗡嗡声，如同听见

我渺小的肺腑发出单一的喘息

卧伏在时而炙热，时而冰冷
的铁炉上，每个人都有着
被串在一起的生活
却谁都以为自己是大快朵颐的那一个

2022. 3. 28

平庸之光

看过隔离带里盛放的
桃花后，小区门口的雕塑
在傍晚变得冰冷
众生芸芸的水池
倒影在风中急剧变形又慢慢复原

互不干扰中如何选一个
最佳角度，在疲倦的年代
令人铭记的都是那些
远远张望时
依然醒目如火焰的事物

我看着它们
如无法复归其根的桃树
在隔离带里看着车水马龙
如水池里的雕塑，看着夕阳
完成一天的逡巡

消失的时候没有告别
出现的地方遍布
将一切拒之门外的光芒
经过长时间的缓冲
散落在地时，已变得平庸

如同悬空的心

藏进低处行走的身体之内
那样的平庸；如同花季
结束后，显出遒劲的枝干
那样的繁而化简

2022. 3. 29

摘草莓的人

拿着空盒子的人鱼贯而入
在垄与垄之间
挑选心仪的草莓
挂在黑色薄膜上它们是
成熟待摘的果实
摘下来就是被认领的战利品

握在手里像一簇火在燃烧
适合熄灭。送入嘴里咀嚼
多汁，带着新鲜的芳香
没有看上去那么甜
也并非听说的那么乏善可陈
不过是一种空荡穿过另一种空荡

大棚、泥土、盒子
包括我们的胃，都是容器
生来就是为了填充、掏空
再填充、再掏空……
但至今我仍不知道
什么才是真正的满

是手中拥有物质的重量
还是灵魂的饱足感
我只听到满世界皆是
教人放空的哲学和宗教

采摘草莓的人
挑选着，也被挑选

丢弃着，也被丢弃
那些酸涩的、无味的
更别说衰败的、腐烂的
采完后，狭窄的田埂上
每个人都像孤儿，一前一后
奔向，被暮色浸透的来时之路

2022. 3. 30

三种人

半夜刮起了大风
呜呜呜的声响被醒着的人听到
另一些沉睡的人
清晨看见落叶遍地，雨滴残留
一个夜晚所错过的
并不比所得到的更多更加珍贵

是怎样一个清晨
将大地覆盖，而不是焚烧
当阳光乍然出现刺痛眼睛
是怎样一个盲点在其中继承
昨夜的黑暗。从窗口望出去
依然是塔吊高高在上

远山被遮挡物撕扯成一小片
又一小片孤影，总是这样
群体越混杂，个体越荒芜
来自五湖四海的人隔墙而居
却老死不相往来，只有绿地上
树木、枝叶、花草，紧紧依偎

一切都是形式上的恰如其分
清晨和夜晚在循环。失眠
和沉睡，不容选择，如果失眠
就倾听雨声，如果沉睡，清晨

自有一双眼睛睁开，看这城市

哺喂出那么多，半梦半醒的人

2022. 3. 31

电梯上上下下，一整天，一整年

仿佛永不停歇

人直达顶点的心情亘古未变

故事里有众人建造的通天塔

现在有载人飞船

进入太空旅行。而在盘山公路上

看夕阳慢慢落入丛林的满足感

是平凡之人凭一己之力

能够达成的平衡与和解

对自己、对他人、对世界

一个人只要备好走出去的心境

就能来到此刻、此地、此山

在绵延不绝的空洞回声中

屏蔽了山外所有

明月独照，树影参差。仅仅几十年

占据其中的幸与不幸

就这样被野花和孤坟完全地认领了

嘈杂的电梯声，在耳边回荡

告诉躺平的人，搭乘是件多么容易的事

当盘山公路还未完工

驾驶的兴趣和勇气

已经被围困的生活消磨殆尽

一年又一年的山风，就这样

被无数座巴别城阻挡后，不复存在

2022. 4. 1

写照

前方不知何时又耸立起
一幢高楼。
玻璃幕墙在蓝天下熠熠发光。

喧嚣街头一定不会独我一人
注视良久，直到车子
带着我远去。而大厦消失不见。

不得不承认，天生慕强的生物
一直为庞然大物所吸引，
即便知道世间满眼皆是
在虚张声势中来来回回的潮水。

涌动而至时潮头上显现了什么，
下一刻就卷走什么。
多数时间人在行走过程中
懵懂无知，只有结局凌虐人心。

当结局说来就来了，才惊觉
"无穷的远方，无数的人们
都和我有关"这一句——

在穿过呱呱坠地的产房，
渐渐变得乏味的新居，
以及，无从返回的殡仪馆之后，

用于写照试图独善其身的一滴水，
最终与众人一起，从大地冷漠的眼眶
滑向远方永不可知处。

2022. 4. 3

皋亭山脚

碎石山路古朴宁静
茶园如一块巨大的墨玉
与古树、映山红、寺庙……
分享古老的山体
而来此踏青之人所知的
并不比这里的一棵茶树更多
当我们来到山脚下的农家小院
邀请者却不知这是
何山、何景，有何典故

多少以秀美山川凝聚而成
的人文，并未被人真正记住
只有天然屏障成为
兵家必争之地，令战火绵延不绝
把脚比作更长的路
把人比作更高的山，事实上
无为者走到山脚就再没有动力
沿着山势向上，爬到更高点
因而也就少了下山时的失落

山脚怒放的桃花和樱花
不比下山者
手中采摘的一大束映山红逊色
慢慢在平路上行走，同样会遇见
值得拥有的，和难免失去的

古往今来，我们所能握住的
和啜饮的不过是手中
年年冲泡
而变得越来越寡淡的，同一杯茶

2022. 4. 4

清明

诸多人和事如同花朵被风吹开
也被风随意抹去
如梦初醒的人，习惯向体外察看
其实是身体里的过往在今天的镜子里显形
挂在虚无的墙面

纸在火中燃烧后飘荡的灰
香烛点燃时脱身而出的烟
没有任何东西能够洞穿和抵达
也不能在拥挤人群中提炼到更多安慰

高楼林立的城市里，互不相识的人们
常常为这一天烧纸仪式
是否威胁到小区安全而争论不休

一年又一年，唯有自然界盛开的百花
对未被遗忘和已被遗忘的
那么多名字，同时发出致敬

而那些刻意点燃的火，无一不被扑灭
在不动声色中，我羞愧
为一个刻意活着的人
在一次次火光中烧不掉的呼救声

2022. 4. 5

夕阳在华丽的高楼外墙上
发光
也为烂尾楼的荒凉镀金
它是谦和的
好像视觉任意处
它都不吝啬全身心的投入和挥洒

刚刚涂满天空的云
下一刻，只剩寥寥几缕
仿佛漏出的破绽
又仿佛是锦上添花的借口
随真相散去

我看着夕阳柔和之光
塞满万物的空洞处
然后，被黑暗一次性置换
留下星星点点的灯火
在诸多人间事的无奈中掩面而立

一幅越来越旧的成品
每一天堆积的涂层下，我
不知是锃亮的白，还是暗沉的白
像谁也无法定论
人之初是恶，还是善

保持这样的疑问吧，树木
在夕阳下更绿了，水面波光荡漾
眼前这幅浓墨重彩的图画
在某个时刻，突然削减至
一个人刚出生的样子

2022. 4. 9

草地上割草机的声音
在耳边轰响。
是距离不够远，
还是对割草季到来时
草的命运，心知肚明？

我看到的草长莺飞
不足以证明修剪之美，
我见过草木不生
和他人拍下的生灵涂炭，
也不能成为剖开人性的利器。

只有唏嘘，只有反证——
草天生柔弱且手无寸铁，
所以割草机是正确的。
割草机，毕竟拥有那么多
爱戴、赞美之词，

这世界毕竟有那么多效仿，
并极度渴望成为割草机的人，
所以割草机是正确的。
生存与生活的距离何在？
割草机下处处碎片。

生长、修剪、生长……此生

要重复多少回才能全然顺从？
如果可以，在荒芜年代，
我渴望成为瘠土之上，
更低矮而无从割断的葫芦藓。

2022. 4. 11

隔离带上，油菜花把田野分成

一小块一小块黄色标记

在车窗外快速移动

越造越宽的路面

车轮碾过无数光线，该驶往何处

原本以为有很多地方可去的人们

现在处处画地为牢

四通八达的交通是摆设

城市像一大片油菜花田

分身为许多重复的时间、空间、情节

被放入漫长的隔离带中

失去原有的完整性，来历不明

的油菜花，不管开得多灿烂

不管有多少惊鸿一瞥，也只能

构成断裂而短暂的存在感

风吹过时的如浪涌伏

空荡荡的天空下

开始于金黄，终结于金黄的大地

对于每一株油菜花的禁足

继续提供，取之不尽的妥协体

2022.4.12

隔离带上的油菜花

另一只船

雨中树更绿了。也许是因为
灰尘被荡涤一空，树叶上，眼睛里，
飘浮在空气中的。傍晚时分，
雨渐渐小下去，我穿过污水横流的街道，
来到江边——
江水在长堤的恒久旁观中
悄悄上涨，一只船行在上面，
岸边的一切就开始流动。
我也不再静止，尤其是定睛于
水面某一段时，我仿佛成了另一只船，
在汹涌的人潮和车流里，我绕过
那些曾经熟悉的，至今还未相识的。
雨声让嘈杂声消失，
落在我身体以外的雨如密网，
把楼房、绿地、街道，和每一个昏暗角落
全部放进一层薄薄的信心里，
那些幸事、厄运，以及
无可奈何的选择都是勒紧的节点。
只有船是漏网之鱼，
只有流水的自控难以言喻。

2022. 4. 13

这是雨的专场：时间一分一分

流逝，雨一串一串落下

街道、绿地、建筑、奔跑的车、行走的人

以前我看这些

像一颗颗生锈的钉子

从泡烂的连接处跑了出来

那些被拆解的神秘结构是什么

从出现到消失并不可见

也不可寻。现在，我更愿这是

一些日常的散落物，被上涨的水位

带出来，等到雨水停止

它们便回到各个角落

只有飞机一直在云层上

我看不见的高度，始终阳光明媚

有一年我坐上它飞去一个海岛

以躲开这段日子

仿佛在那太阳永不退场的地方

会找到一部分散落的我

时间一分一分累积，阳光一天一天

取走水滴，而大海平静，一如往常

2022. 6. 10

不可言说的词

充斥着尘土的城市，每隔一段时间
被雨冲洗一遍，在空荡的玻璃窗旁

有人掩面于光亮，有人醒悟于黑暗
鸟鸣声不断传来，令我想起一个精通鸟语的人
他把手指塞进嘴角，发出和鸟一样的鸣叫

我什么也听不懂。也看不见鸟儿
藏在哪里。有时一阵大风毫无征兆地刮过

看到原本静立的树木左右晃动。而夕阳
无动于衷，依然从东移到西，在所有参照物上

它获得对任何事物找出破绽的能力，特别是
像我这种不再轻易被落叶、飞鸟打动的人

当分娩不仅仅代表新生，死亡放弃了埋葬
空置的天空，在雨后的窗口，看着我

我开始相信饶舌的世界出自每一个
不可言说的词，盘桓在每一粒尘土
每一滴雨珠、每一片落叶的嘴角

2022. 4. 14

第三辑

现实的蝉鸣

双色桃树

一株等于两株，在开花时
一株回归到零，或无穷
在落花后。我遵从这样的教育
从春走到冬，从平原
走到陡坡，带着红和白双重火焰

开花就是燃烧。不必问为什么
在人造的水塘上
是复制的涟漪和模糊倒影
匹配，嫁接的春天

与其说，这是多种美在融合
不如说是纷杂面具叠加成
越来越虚的世象
我见过无数种绚烂
最后都熄灭成一种灰烬

是时候停下来，将外表多彩
内心充满矛盾的生命之树
好好分植，回到原来的样子
我多么怀念天地分开的创世纪
在神造的容器里，万物清晰

一株桃树盛开、凋谢
如同一道彩虹出现又消失

越来越微弱的火让我停下来
铲除嫁接在我生命中的易燃物之下
那永远不会发芽的伤口

2022. 4. 15

雨下了停，停了又下

街边绿带里安静的花朵

有被稀释的热血

昨天刚刚诞生

今天就被催促着加速凋落

冷空气回来了

在我返程的路途中

像和我比赛谁更快一点跨过

自古动荡的江水——

这片曾滋养人类繁衍生息的地方

如今让我们各为小舟

漂在水上

此岸不可完成，撤退的内心

耸立着身体

穿不透的滔天巨浪

2022. 5. 11

记忆之两种

很多事物都被遗忘了
只有两种不会：
断续出现的，和今天才得到答案的
当雨把天和地连接起来
它一定在最熟悉的雨声中
想起过去。断桥边，柳树被移走
月季覆盖住裸露的伤疤
这是一片抚慰人心
又蹂躏人心的土地
也是被人力支配的大自然
建造、修改、剔除，再重建
从黑白到彩色
从交口称赞到众口铄金
荣耀与羞愧，今天的答案
从被抛弃的昨天里萃取
与别的时代没有任何不同
过去。将来。人间的景象起伏不定
而由天地间自由主宰的
至简之道所带来的，不过是
一场雨结束了，另一场雨正在路上

2022. 5. 12

夜半醒来时

我之外的一切都睡着了
他者之外醒来的不止
一个我。每一个
都栖身于不同角色引发的棋局
有的越陷越深
在急于退回梦境的执念中
也在，不得不继续面对的清醒里
有的已成残局，通过窗外
透进来的光
为无处不在的暗影找到出口
这应该是猝不及防醒来时
一种意外收获，连同因为起身走动
而被惊醒的天空一角。打开窗
抬头看几颗
洞穿了高处的星星
使一个人的夜晚变得邈远而轻盈
冷风、街灯、蛙鸣。想起白天散步
路过某小区，看见一只松鼠
在高墙上跳跃
这不断被分隔、被封闭的土地
时刻提醒我不过是一个外邦人
需要多大的恩赐，才能半夜醒来
把白日里方寸大小的棋盘
扩张成，没有边际的天空

2022. 5. 16

变轻的花束

花束在泥土之外趋于枯萎
荒芜的气味弥漫在空气中
像一个肩负各项使命的人
走向终点前的无所事事
周围事物给予她的压力
随着自身重量变轻而四散开来
直到此时才发觉很多东西多余
在她先于要交托的一些人
走向终点前消失的方寸之地
在这里，束缚的力量因趋于单一
而形象具体，无所谓明亮和黑暗
只要有白天，就有黑夜
也无所谓多高，转眼间就落在地面
像一记耳光重重打在大地冰冷的脸
用身体而不是手
别指望在泥土里重生，海绵底座
浇入再多的水也无济于事
涌出再多的血都无法实现逾越
情感、意志、思想……对于
灵魂这样若有似无的盐粒而言
都不过是水分
注定在被风干后，变轻、飘走

2022.5.17

鞋底在落叶之上，变得光滑

小心翼翼才能站稳脚跟

在快与慢，去与返之间

寻求平衡，像旱冰场上的薄刃

把刀锋藏在摩擦力中

依赖重量和体积是强者特有的优势

而矮小和瘦弱者会庆幸

自己像一片叶子轻轻落下

没有人觉得你会疼

经常被踩在脚下，偶尔还能滑倒

个把忘乎所以的人

从此让他们记得：春天也是会落叶的

当人们踏青

脚下的落叶多么像风撒下的真实谎言

2019.3.30

2022.5.18 修改

电梯打开

电梯打开，贴满装饰物的门楣门框
隔着跨出者的背影
提醒我，是否要走进
一个充满诱惑的新世界

然而电梯轿厢只是稍做停顿
我们便继续上行

关于消失有很多版本
关于存在也有很多方式

新世界是什么样的？
要获得自由出入的机会
才有一探究竟的可能

手握的电梯卡，只能让我们
各自去往允许到达的不同楼层

它掌控的指令通道，让它构建的空间
独有上通下达的权力
一旦坠落，到达的高度有多高
毁灭的力量就有多大

但只要电梯不停上下
我们就假装拥有所能拥有的一切

每个人到达任何层，都像唯一的一层

以为总能在喧闹世界占据一席之地
只要在打开他人那层时，闭上双眼

2022. 5. 19

将落未落

几根卷发掉在地板上
像问号一样
日益稀疏的样子就是回答
那些尚未掉落的在不久之后
除了成为花白的茅草
没有哪一根能磨成利刃
没有哪一根，会炼成铁钉
虽然飘落的一刻，依然乌黑闪亮
我想起，每次去故乡墓园看望父亲
总要经过一位年轻女子的坟冢
碑石上，黑白照片中，一头长发
显得越加漆黑
我停下脚步，怔怔出神
山风吹来，斑斓的山谷，已被天幕笼罩
在枝头，在头顶，整个世界
都是将落未落

2019. 1. 10
2022. 5. 20 修改

172 |

草

一些无名杂草贴着泥土看到

四处只有铁蹄

没有一支犁铧可供翻耕

水声枯竭，尽管河床依然怀揣奔涌之形

爬高和伏低的生活乏善可陈

但依然顺着北风蔓延。像一群难民

就算暮死，也要在无助中，欣然朝生

就算无终，一旦飞鸟停留，就献出所有种子

倒伏时，这里就是重生之地

开花后，碰撞出的，只是星星之火

其实大部分时间里

它们既不消亡也不繁衍

那是因为，在和平的乱世里

在无法燎原的废墟中

草和草，始终难以爱得，那么无辜而单纯

2019. 1. 7

2022. 5. 20 修改

匆忙的世界

古人骑马、乘船，奔波至水穷处之后，
坐看云起，
我们乘车、坐飞机，日行千里，
却依然只在岔路口晃一晃，在山脚下站一站。
索道带我们直接登顶，
却带不来一览众山小的愉悦，
车轮上我们脚不沾地，匆匆相聚，
然后轻易离开，生死也只在
上车和下车之间快速流转。
西风吹得更加猛烈，春天来得如此缓慢，
反衬出我们的爱，盛开得
如此迫不及待。迫不及待的姹紫嫣红
让离别脱离了悲伤，像如释重负的一支箭
直接奔向，早已瞄准的下一个目标

2019. 3. 11

2022. 5. 23 修改

与其说是一场旅行

不如视作一次长长的终极逃亡

向着那些曾经让你

拼命追逐的东西

现在反过来，被一种隐形之力

鞭笞着节节后退

像故事里年幼不慎走失的孩子

直到白发苍苍，才满怀忐忑地返回

山变矮了，你还是登不到峰顶

水变浅了，你依旧游不到对岸

从此，无论远近，熟悉或者陌生

都只是众星中的一颗

没有哪些更亮，也没有哪一颗

更加棱角分明

仿佛，你来到这世界

只是为了证明，一颗星星

永远成不了月亮和太阳

你和他人的撞击

只是为了在落向最低处之前

提前听一听终将到来的破碎之声

2019.3.11

2022.5.23 修改

辨认

樱花和红叶李，桃花和海棠
碧桃与毛桃，西府海棠，贴梗海棠
与垂丝海棠……
它们因为开花，而被辨认

春天是热闹的，所有让我
患上脸盲症的草木，都纷纷自报家门

所有沉默的鸟，都衔啼而来
燕子和麻雀，鸽子和斑鸠，喜鹊和乌鸦
而我依然辨认不出
哪一组，最契合我的正反两面

春天总是多雨，也多阳光，罕见的是
在雨天辨认深浅，在晴天辨认明暗
向天空仰望的是我，不为尘世俯首的
是翅膀和诗行
它们在天上飞着，而车子载着我
在地上爬行

2019. 3. 30
2022. 5. 23 修改

竭尽全力开放吧
春天的调色板，找到了画笔
天空在铺开，大地在铺开

而我手中，握住的
不过是杯水
只能润色一两枝，干渴的花

2019. 3. 23
2022. 5. 24 修改

春

没有云，蓝天无法归拢虚空
漫山遍野的茶园峭然不动
只有长高的草
才能在此时辨认风向

身体是指针，心是磁场
罗盘该置于何地
才能让花朵，朝向天堂盛开

把每一年，拆分成每一天
把每一天，拆分成每一刻
更长的时间和路，也不过是
一瞬的组合

人的一生不过是
反复拆分对寒冬的无所适从
然后归拢成，温暖的虚空

2019. 3. 26
2022. 5. 24 修改

猫
笼

很多天，电梯楼道间一角的猫笼
始终空空如也
猫走丢了，你对世界的好奇和警惕
也丢了

从前它爱跑，爱叫，贪玩
让你幽暗的日子，有时也闪过一丝萤火

直到今天，猫归来两个月后的清晨
一只刚产下的小猫，已经窒息在猫砂中
露出半截小小身躯

笼门敞开，猫妈妈却一直趴卧着
不再像往常一样，急于奔向笼外

你看到自己也在笼中——
曾经不甘被困。如今，却日益畏惧世事的变故
最终对与世隔绝的生活
有了无可奈何的，深深眷恋

2019.7.2
2022.5.25 修改

袋子

四周不知不觉堆满了各种大小不一
长宽各异的袋子
布的、纸的、塑料的……
那些饱满的，曾经怀揣
丰盛物品的时光，现在干瘪了下去

里面的东西已经用完了
而袋子还在
一个人从你的世界里消失
他睡过的床，用过的杯子，拥抱过的人

统统都在，它们也是一个个印满记忆
却失去了内存物的袋子
在丢弃前，一直在等待什么
虽然任何坚持都是徒劳

袋子可以装上废品扔到垃圾桶里
你却无法将自己丢弃，包括无形的隐痛和忍耐
直到有一天你带着这些被扔进长夜
才发现，只有黑暗里的泥土
能使你空荡的内心和臂弯，永久充盈

2019. 7. 3
2022. 5. 25 修改

影

起床时，窗影还在墙上

现在移到了地板

洗脸、用餐，伟大的阳光和渺小的尘粒

都离我很近，天地相接

我是两者之间的过渡地带

我是端碗的手和品尝的舌头

是把热汤舀入空碗的勺子

有时是铁的，刚硬。容易发烫暴怒

有时是塑料的，柔软。始终平和沉默

从橱柜和水槽里取出，放在碗中

或者，反步骤进行

——总想试着握住点什么

直到挂在空中的日头，顷刻偏西

万物的投影和嘴里的味道

越来越淡

收衣、关窗，晚风叩门

听房门钥匙的转动声

天黑得如此仓促，到处都是握不住的

幢幢幻影

2020. 3. 14

2022. 5. 26 修改

两个月亮

一个在街道对面，持续了许多夜晚
节节攀升的塔吊顶部

一个足够遥远，但为整座城市
制作出每个角度黑暗的深浅

初一到十五，天上的宫阙慢慢显露
十五到初一，大厦从无到有，从低到高

我的第六感是雨点被工地
刺眼的灯打出落地即溃的光

一次次移山填海之后，不断挖出水池
垒起以假乱真的山峰

把这个月亮豢养眼前
我有另一个月亮怅然若失的黯淡

把那个月亮放逐天空，我有这个月亮
不能自行退隐的机械式无奈

2021. 3. 29
2022. 5. 26 修改

门窗半掩

仿佛在等谁推门而入

我没有走近

一条小溪横亘在我和它之间

汀步上长满青苔

只有鸟，可以在空中自由往返

但它们不会在此安顿

一间木屋，时间久了

总想挣脱自己的前世

但一整座山的树木层层围住了它

和我

在一条溪的两岸

2019. 5. 22

2022. 5. 27 修改

悬崖

风揭开了黄昏的凉意
阳光变得虚弱
还有很多潮湿的情绪等待晾干
但是天气预报说，一场雨
即将到达

曝晒紧跟着暴雨，高温紧随着低温
相当于
奔跑中的倒退，炙热后的骤冷
两者之间，奔跑着一辆刹不住的车
却没有一条斜坡，可以缓冲

乌云一旦出现，就不会轻易散去
激情一旦堆积，除了
一泻而下，再也没有其他方法
能让悬空的命运
安全着陆

而那些跃下悬崖之后
奄奄一息的流淌和渗透
是否还能
让一粒种子发芽，让一株荆棘含泪

2019. 6. 25
2022. 5. 27 修改

池
莲

必要等到莲叶铺满池塘，才发觉
水面曾经如此空荡
仿佛已经遇到的，都过于简单
没有到来的，仍可以期待

叶子和花，纷纷探出水面
池水沉若碧玉
阳光，一缕一缕，转眼就消失了

听不见风声。只见池水荡起涟漪
又被无形之手，悄然抹去
如一次次高举过世事的绽放
经历了无数跌落和消弭

风再吹拂一会儿，天色就暗了
灯火次第点亮，万物回到起点
那时——
池莲还未盛开。我的时代，空如梦想

2019.6.17
2022.5.27 修改

夏夜的雨

雨打在雨篷上，蛙声浮起
白日里阳光盘桓久了
失去水分的世界
如同黑夜里，眼睛
看到的都是暗沉的事物
一场雨来得如此及时，一阵风
如此抚慰整片焦躁的草地
开裂的泥土被熨合
发烫的石板被揉抚，只有我
像那一半开败
一半尚存的粉花绣线菊
——从第一场夏夜的雨开始
慢慢将因为花落留下的空缺
浇灌成，更实用的果实

2022.5.28

高压水枪把全身污垢冲刷一净

白色漆面，重放光彩

唯有地面泥水横流

永远风干不了，也晒干不了

已是黄昏时分

风吹着吹着就不辞而别

一辆接一辆的车子

只要有水，无论进来时如何灰头土脸

都能容光焕发地出去

仿佛轻易就回到最初的模样

而我们清晨出门，夜晚回家

有一天将突然察觉

梳洗和沐浴，对衰老再也无能为力

这时候脚下的水洼

曾被我们忽略的部分

将告诉我们该怎样带着

再也冲刷不掉的孤独和遗憾

继续蹒跚行走在日渐空旷的老路上

越到终点，越接近学步之初

2019. 9. 30

2022. 5. 31 修改

黄昏的洗车场

藤椅和琴

一把藤椅用了多年，还在用，
它松弛的靠背开始拒绝
灰烬以外的重量，
塌陷的椅座，只能承载那副日渐消瘦的
旧躯体。而大部分时间，
他，卧病床榻，把一盏灯视为整个星空，
它，在细密交织的缝隙间，慢慢
消磨成一件等待丢弃的物什。
一架琴弹了多年，还在弹，
它的音准有了一些瑕疵，
在音符与音符之间，下降的听力
让激越之音
陷落成无数个空谷，催人辨别
哪些是沉默的回响，哪些是沉默本身，
似乎忘记了，无数藤蔓在不停生长，
一代又一代的手弹奏出不断改弦更张的旋律，
把这世界快速翻新得连造物主
也找不到
自己最初创造的所有。

2019. 8. 4
2022. 6. 1 修改

果树

摘掉了果实后
枇杷树、荔枝树、橘树，抑或是苹果树
便从一棵狭义的树，退回到广义的树
继续落叶掏空
继续抽枝更新
继续开花燃烧……

深入泥土的根令树体坚定
阳光、雨水、飞鸟
令枝叶不觉寂寞，相比之下
肆意索取和享用果实的人们
始终不曾满足，即使加倍努力

羡慕一棵树的念头由来已久
但我知道在人群中
每个人都以为自己
是周围众多树木中唯一的果树

耗尽一生仍不明白
在广义与狭义，得到与失去之间
只有不停转换
才令树木长久地活着
并且生机勃勃

2022. 6. 2

旧相册

一些多年前被复制的瞬间
正用发黄的画面
把简单的脸，平面的山水
再一次，展现在眼前

当我翻看一本旧相册时
相册里的眼睛，也在看我——

死去之人永恒的眼睛
远走他乡者，在故园的眼睛
已成陌路的人，曾经熟悉的眼睛
都在提醒我，不可能改变
构图里的人物和事件

停在半空的鸟，悬在水中的石块
脸上的泪水和心中的祝福
抛弃得如此之快，遗忘得如此之慢

而游走在诗歌迷宫的眼睛
跟随来来往往蚂蚁爬行的眼睛
被天空奇异之光，打开的眼睛
将从陈旧的时间里，脱离出来
在继续行走的路上

2022. 6. 3

荷花是古典主义的战袍
成为整个季节的隐秘辞藻
在破旧的护城河里
泅渡天与地，流散与回归

黄昏，高楼的玻璃幕墙
像巨大的镜子
照出太阳发光的身影
而水面只剩下暗香

有差异，就有激流形成漩涡
让不同的方向、流速、温度
形成合力。我存在时，一场阵疼
已经消失，另一场刚刚开始

洪水有时泛滥，有时灌溉
船只有的漂浮，有的沉没
许多大雁已经归来。当它们
又一次离开，仍无法被泥土命名

白云稀薄却并不散漫
填满废纸一样的天空
因翻晒而乌黑发亮的莲蓬
为无法溢出的表白，将内心放回水中

2017. 10. 1

2022. 6. 5 修改

风
铃

与命运的缔结点不在大地
而是头顶，看上去
仿佛在空中飞翔，其实是
过着命悬一线的日子
为了保持一颗敏感的心

不管旋转至哪个方向
都只触摸到空气
直到一双脚停下，伸出一只手
仿佛拨弄着另一个自己
为了试探多大的外力撞击
才能发出悦耳动听的声音

却忽略了本质是瓷的、玻璃的
还是金属的……
这些隐藏在不同面具下的战栗
也各不相同
唯有被风不经意吹动时
能得到一首日趋公平的歌谣

2022. 6. 7

海水的滋味

如果你从未尝过海水的滋味
与其凭空想象，倒不如
回想一下泪水，怎么就轻易滑落唇边
或者，走进状如鹰嘴的人工岛
它伸出海岛的一隅
像从大海身体里取出一条
蓝色小溪——
起伏有序，绵延有界
像一只厌倦了飞翔的鹰，侧身
停落在海面上。不知何时，停止翕动
安详而虚空的蓝天下
找不到闭上的明亮双眼
没有人能挪动它，如同没有人能挪走
你余下的所有，这滋味
就像一只化石而卧的鹰，把生命的
惊涛骇浪，含入
至死不渝的时间之喙

2019. 3. 2
2022. 6. 9 修改

第六日

风将站在桥头的几株柳树吹动
结满果子的桃树和结种子的菜蔬
将园地塞满
池塘里的鹅上岸后
依然怀念在鱼群制造的涟漪里
引颈向前
鸟儿从天空掠过
仿佛虚无稿纸上划过的笔
却什么也没留下
只有冷却的茶还捧在手里
证明曾有的温度、清香和色彩
轮番升起的太阳与圆月
是两颗巨大的果核
不断结出昼与夜，明与暗
以及昼夜耕种
最终什么也不属于自己的我们

2018. 2. 18
2022. 6. 14

分不清是银杏叶、梧桐叶，还是
无患子叶，远远望见树下
那个缓缓推着婴儿车的人
被漫天掩地的落叶包围

当最后的璀璨与最初的烂漫
同时在我眼前出现
被遮蔽的道路
完全失去了指引方向的能力

那么多的树叶，这么少的名字
还得出自他人之口
那么多的人，这么少的路
还是无人结伴而行

落叶随风向下，种子破土向上
这都是一瞬间的事，其间
即兴的脚步连接成的时空里
有我丢失的金黄和婴儿的啼哭

所有落叶都可铸成冠冕
所有婴儿都共用一个泪腺
不断丢失只为找回天赋之名
献给镜头外，老去之人的背影

2022. 6. 15

江边

周围景物，从他者的视觉中隐退
原本那条了然之路
也慢慢趋于，模糊和终结
而映照两岸的这条江
始终朝着无法回头的远处跋涉
灯光勾勒出它绵长轮廓
却无法看清楚水中，暗流汹涌
高楼宛如悬崖。在江边吹风的人
有的仰望天空——
云不是无缘无故变沉的
它一路碰撞，合并，飘到这里
突然就放弃了曾经努力爬升的高度

有的俯瞰倾斜的堤坝，想象潮水
汹涌而至时被一次次拦截的破裂
雨不是无缘无故落下来
闪电过后，是雷声，从天空
打开的暗青色帷幕里，呼啸而出
而你就是那个被电闪雷鸣催促着
沿着江，重新开始奔跑的人

2018. 6. 18
2022. 6. 18

红山茶花

花钵里的山茶花在开放
每一朵看上去都由同一朵
复制而成。走过的人，每一个
都像另一个人的影子
维持着古老的形状和内容
山茶花因为花色，可以
在名字前加上"红"字作为前缀
当面对庞大的人群
世界向来习惯用各种外在的东西
分门别类。直到烈日驱散了
广场上的人们，只有红山茶花朵
炽烈如火为我一人而开
仿佛我也是其中一棵
有更自由的归属，更新我的认知
不仅仅只在开放后，凋谢前
更多的是在慢慢西斜的阳光里
我看见我纷纷落下的花瓣
和其他垃圾一起被一把扫帚
归拢成一堆——
这是我用内心努力剥除的
华丽而空洞的形容词
在还未走完的路上
又一次次返回来，试探我的内心

2022. 6. 20

夏
至

一个人在半夜醒来，窗外的雨
停了，也不知是不是在做梦
如果雨一整晚都在下
我相信清晨升起的太阳
就不会有如梦初醒的觉悟
挂在天空被擦拭一新的吊顶
没日没夜地照耀，迟迟不肯离开
如果雨还在下
夏天会迟一些到来吗
在大火席卷之前，火苗该不该熄灭
人间这一成不变的容器
渴望开启一瓶新酒
新的蝉声也将随之疯狂充满
鲜活又陈旧的树荫
只有你我之间的星空，慢慢暗沉
听凭曾经共同望见的春天
被连绵的雨带着翻过了那座山

2018. 6. 21
2022. 6. 21 修改

蚂蚁

烈日暴晒的广场，人组成的队伍

向着前方的帐篷不停移动

仿佛小时候在乡下老屋看到

身着黑衣，纪律严明的蚂蚁部队

那时我是蹲在一旁的观看者

目不转睛也看不清它们的表情

有时一不留神，它们还会消失在柱缝

墙角，或者某个隐秘之处

大人们说，这是蚂蚁在搬家

当它们拖着一块块体积比自身

大出很多的食物，奋力爬行

我有时会恶作剧地用一根枯枝，挡住去路

看它们丢盔弃甲，四处逃窜

转眼间消失得无影无踪

这让后来的我，一边遵从于强大的秩序

一边担负着被摆弄的恐惧

但只要是一只只蚂蚁

就无法不连在一起爬行，前赴后继

向着早已满溢的巢穴搬运

却始终填不满烈日下，蠕动的空影

2019. 6. 26

2022. 6. 22

折叠伞

乌云挂在空中一整天了，
雨还不愿落下，
雨伞，一直没被打开。出门前，
放入背包，回家后，又拿出来
放回了架子。这也是我常有的
被折叠着，置身于无用的状态，
安于伞带的束缚，收起
与雨水的较量，从前以为
只有全力打开才能证明
存在着，即使在暴风雨中倾覆，
甚至被击垮、被分解。
雨下了无数次，雄心壮志
被浸泡在水中无数次，
而意义和价值的溃烂从未中断，
当有一天外部的束缚消失，
而我依然小心翼翼折叠自己，
在充满弹性的行走止于
关节永恒老旧之前，
是病痛遏制了冲动，衰老医治了欲望，
更是在感受了无数次窒息后，
成为逃兵，提早从一场接一场
徒然的雨中，悄然撤退。

2022. 6. 24

凉爽是人为的，在冷气运行的
房间、商场、办公楼、地铁

炎热也不仅仅来于自然
排出热气的外机鸣叫着
是无数个发热的时代产物
悬在我们周围

将我们匆匆赶入室内，仿佛暴击后
给的一粒糖，枯竭前倾下的一盆水

回想起从前没有空调的夏天
电风扇嘎吱嘎吱在头顶旋转
它制造出的风接近我们的体温

那时机械还不会思考
手握扇子仍是一个日常动作

纸板的、绸布的、塑料的、木片的
蒲葵的、竹子的、羽毛的……

最智慧的是羽毛扇
最有文化的是写着墨字的纸扇
最实用的是把广告放在扇子里
即使是虚假之词

夏日随想

也能带来一丝实用的功效

而我最喜爱檀木扇
当香气随着扇子的摇动扑面而来
我本能地加深我的呼吸
一次接一次与肺腑交换着真实的愿望

唯有这真实，仍可对着快烧成灰烬的
所有瞬间一直扇动，直到复燃为一首诗

2022. 6. 29

七月

并不仅仅只有雷声轰鸣
将太阳喝退
闭上眼，也不代表我们可以离开
被蒸发了所有幻想的人间

没有雨，天气晴朗，街道两旁
树木枝叶茂盛。它们是不可战胜的
饥渴症只在人群蔓延，但禁止
像蝉一样率性鸣叫，或者，已无力鸣叫

并没有人追问一座高楼何时立起
何时重建，浮云告知了我们一切

打开——
七月，把花交给流水，蛙声埋于深井
让落日从山顶开始，一燃到底

2018.7.4
2022.7.1 修改

面具

1

在面具商店
那么多的脸，等着人们去点睛
到处是僵硬的表情
我不敢抚触它们
就像我长大后从不敢抚触陌生人的脸
这些有温度的面具
仅代表"活着"，却不代表"生活"
笑着哭，或者哭着笑，在一张脸上
骨头是最不可见的部分
像一种出处或一种归宿
深邃、隐蔽
常常被遗忘和抛弃

2

当世界回到一个舞台
披上我的皮囊，戴上你的面具
从开场到剧终，就是反射的过程
就像你儿时的表情，一直到成为老人
才回到满是皱纹的脸上
假如你中途离场
来不及找回最初的笑和哭泣

像一条路戛然而止后
成为废墟。收回所有足迹，然后湮没
像一株植物长了叶开了花
尚未结果就盖棺定论
感谢这种夭折和埋葬吧，留在
没被戳穿时刻，面具就是真实
如同琥珀，透明依然是最完美的壳

3

秋天的花园丢满了过时的面具
我曾把一片落叶
夹在你的信里
我在拥有它的时候就削减了
它的金黄、闪亮、丰沛
……所有这些
都是你对我曾经的展现
但我的欲望没有削减，依然
被假象吸引，从一张脸到另一张
紧贴后留不下痕迹
从内心到内心，没有到达的捷径
你的，我的，他的
也许只隔着一层窗纸，捅破后才知道
漏进来的不是阳光
而是看不见的寒冷和黑暗

4

就算月光溢进来，也是一把
割伤自己的双刃刀片
仿佛你的脸
这个唯一摘不下来的面具
它与你血肉相连，但可以轻易变幻
它被岁月打磨，但早已不再光洁
你无数张面具中，也有一张曾经棱角分明
是什么东西在其中流逝
使原来的脸孔，变得双颊塌陷
暗淡、疲惫，拒绝掩饰。喝醉的人
有什么东西从脸上揭去，比面纱更轻
比铁罩更重，比赤裸更加坦白
只有燃烧，才能扑灭一切燃烧

5

有形的面具之下
我看见的都是伤口，无形的面具之中
我感受到的，无一不依赖肉体而存在
如此多的脸孔在僵硬之前
和融化之后，都是柔软的泥土
如此多的面具在塑型之前和破碎之后
都是凌乱的词组、散落的语言

在面具和脸孔互相试探中

始终态度暧昧

一个面具，可以适应多张脸孔

一张脸孔可以佩戴多个面具

脸孔衰老，面具陈旧

你告诉我你的脸孔是真实的，可我还是

想看看什么是骨气

这想法把我引入一种疑问

我亲吻的是摘不下来的面具

还是我用想象，绘制成的脸孔

2020. 10. 18

地
铁

那么多同行的人和我一样

只记得出发地，与终点。过程消失了

仿佛信仰的烙铁无人焊接

独自虚红着，然后慢慢冷却

在太阳下山的时候

它和我一样，在学会祈祷和告别之前

把自己运至别处

黑白无声，下一次，它会不会隐身得更彻底

狂欢的人群里，荧光棒必须暴露自己

才能掩饰黑暗之手

为什么，在车厢明亮处，我总想对门外

黑黢黢的世界，一探究竟

那些弹指而过，又摇摆不定的铁壁泥墙

从地下，伸入内心

像藏起来的一段回忆

打开时，月亮被热浪托出

面对面走来的人，都是初遇

2018.7.26

2022.7.6 修改

奔跑的人

始终有一团火，持续舐舐全身，
再没有什么晚风能吹熄它，
也没有哪一片云愿意一跃而下，
带来，瞬间的清凉。
现在，它蒸腾过后留下的虚像
正被月光投射在一池
碧水之中。
当一缕波光掠过，一曲琴音抚罢，
蝉声便往上爬，暑天
自有它的专配：风，徒劳地吹，
但一定会坚持到秋凉，
水位渐渐下降，但还不够袒露
纷繁杂乱的池底。
八月站在原地。奔跑的是我们，
围着一口深井，看明月
在天空穿行，在水中分身。
困于城池的，是我们，
开场和终场都在这里，
用一生的时间只为辨认入睡前的鸣叫
来自哪只蝉？
在悠扬和寂静之间，
哪根指腹上，留下了深深的印痕。

2018. 7. 30
2022. 7. 10

诗意荡口

这里的石桥，有各种各样的形状
我一边走过，一边遗忘

临河的木门窗，有各种各样的花纹
而我常常忽略了
它们方寸之间的差别

户户坠夕阳，又一天过去了
在有着唐伯虎手迹的
石牌坊入口，与石巷深处的
书香世家之间，来回切换

炙热的阳光像一张巨大的网
令所有不同的事物
都笼罩在季节统一的规制之中

那么我的出现，是不是一种侵扰
或者，我只是一个词语
偶尔被收留
在古镇充满诗意的句子里……

2022. 8. 6

船行北仓河

疲惫时，船是水乡
赐给我的礼物。在今夜
在灯影颤动的北仓河上

船行的声响
更显古镇的静谧。回想起
之前度过的许多个夜晚
与今夜相比，顿觉黯然失色

是北仓河的灯火异常美丽
还是我一直以来
度过的时光过于暗淡

我知道仅用眼睛
感知到的色彩是肤浅的
而令我疲惫的
也不仅因为双脚长时间行走

一座拱桥上，两个舞者
跳过无数次的舞蹈
被我这个第一次
来到荡口的人，称之为初见

黑暗中，看不清他们的动作
我已过了执着于细节的年龄

朦胧中一切多么美

当我意识到这点，船正慢慢
靠近码头。这是以系舟登岸
作为结尾的一天，踏上归途的
不仅是身体，还有不再浮动的心

2022. 8. 6

群英村

1

田边水渠在灼热的阳光下
拥有流淌的凉意
稻田之中的遮阳棚
仿佛另一个时空
将我这个城市寄居者
和一大片绿色连接起来
并感觉到
一种群体无意识馈赠，在我体内
一边积攒，一边融合

2

无数条我曾驶过的大道
都成了浮光掠影，而一条
田间小路，将枯竭的笔端
带向，我曾苦寻无果的诗句
现在，它们转过身
朝我迎面而来，只为告诉我
虽然这里没有一寸土地
是与生俱来的
但由此长出的水稻
没有一株是过客

3

我也将成为绿意盎然的一部分
获得向上拔节的空间
和给出去的内容
是的，此刻，我把自我的视线
落在风中稻浪
它们涌向天边。而学会了
在潮头上站立的
是那些微小，却闪光的事物
——带着人间悲欢与起伏

4

一个个独立，又互相辉映的名字
像词语串连成不朽诗句
像群星镶嵌出璀璨夜空
再强大的月亮也无法替代
我想停留其中，汲取更多星光
成为群星中的一颗
或者回到一粒种子，在尚未发芽前
因为更多汗水的浇灌
而结出一串饱满的稻穗

5

沧海成桑田，不一定依靠时间

泥沙不一定俱下
在某个转弯处，有的被用来
填成新的陆地
一个小村庄，围垦出的耕地
不仅种植粮食
还有延绵不绝的心跳
带来的存在感。日子流走了
而它留下来

6

越过昨天的浪谷
抵达今天的波峰
江水可以止息，而人力
奔竞不息。在历史的展馆里
过去的一切，返回后，又即刻
赴约下一程。大浪淘沙
不需要太多言辞
就能铺陈一个时代
里面有良田、新居、厂房
有通往星空的道路
布满众多迁移者的脚印

2022. 8. 14

修辞之雨

雨在窗玻璃上，
猛烈撞击着你的眼睛、耳朵和意志力，
夹杂风的蛊惑与呐喊。
赤裸裸地不再迂回盘旋，
坦荡荡地大声宣告：
就是要——
让大地止渴，湖水泛滥，
让一只来不及靠岸的小舟
在波浪中摇晃。领受者啊，
你可以将此
视为无从回绝的赠与，
也可以当作无法抵抗的强加，
夕阳只是被遮住了，它依旧在山巅，
诗歌，能让我在乘船渡河时，
努力将他人挪出
前面正要撞过来的船吗？
那被挪走了假想敌的空船啊，
让谁领悟了"虚己以游世"？
而你递出去的泪水
仍在自己的修辞里，排遣着
无聊和空虚。

1

池塘里的荷花、红秋葵、蒲苇
在正午，没有因为太过凶猛的阳光
而低下头颅

它们仰脸，在风中招手
和这里所有被记录的事物一起
迎接掠过的白云、鸟儿，以及天空的倒影

2

小村干净、安宁，看不见的尘土
大部分已经落定
小部分漂浮在水面，人们的视线里
随着不断闪退的脸庞

今天，我是拨开时间硝烟
与曾经驻扎在欢潭村外的勇士们
隔空会师的人啊
更是一个不请自来的闯入者

3

到了之后，才发觉我贫乏的词汇

不能完整记录
超出想象的画面

感官之外的世界太干涸了
需要一场雨，或者一次反向思维的浇灌

4

试图效仿一株植物
在太阳下成为火焰，在月光下成为容器
在风雨中成为伞

而这些恰恰是
我根植于城市一隅开始
就弃之如敝屣的那部分

在此刻，与正午的欢潭村合影时
慢慢回到我炙热的躯壳

5

聚焦于一个村庄，从抽象到具体
再从具体到抽象，那永无止境的
时间镜面上，反射的阳光如此灼热
而水是清凉的
回看之路无尽头，而我正行走其中

人们在这里一次次留下踪迹
却不是同一个人
我存在时，一场阵疼已经消失
另一场刚刚开始

6

一张画布经由多人描绘
无法确定，谁是最后定稿之人

它看上去写实，其实灵光闪现
看上去，它由无数的个体
拼接而成，其实缺一不可

感知力沿着年代传递而下
一路激流形成漩涡
让不同的方向、流速、温度
形成合力

7

回声有时淹没，有时灌溉
船只有的漂浮，有的停驻

许多大雁已经归来。当它们
又一次离开，依然渴望被泥土命名

在欢潭村，姓氏是一种荣誉
给予生存之地的空间
也催促生命舒展

血脉自一个地方迁移到另一个地方
从一段不为人知的往事里
突围而出的人，在这个八月
依然保存着一簇永不散落的荣光

8

蓝天高悬，光线明亮
白云稀薄却并不散漫

我像一粒因翻晒，而乌黑发亮的莲蓬
为收回蒸发一空的激情
将双手放入一潭碧水之中

2022. 8. 23

通常是，我忽略它的时候
它也忽略我
而在我想亲近它时
它那更加忽略，以至于嫌弃的表情
仿佛我才是
一个失败的拥趸者

一旦它，突然对着我殷勤地喵喵叫
或在我身上，蹭来蹭去
一种受宠若惊的感觉便油然而生
哦，亲爱的猫咪，你是如此安于现状
又充满，对未知之人的恐惧

一旦有客来访
你钻进我的衣柜仿佛我
钻进自己平常不轻易示人的某个角落
但是亲爱的猫咪，你最好接受
被驯养的角色，接受客人的围观和爱抚

你异常敏锐的听觉，不是应该用来
判断主人的喜怒哀乐吗
有时我感觉它似乎能听懂人话
或者，只需分辨主人音调的高低
并不去细究其中的内容

但这些都比不上
它对未知领地的好奇心
衣柜里，窗帘后，洗漱台下……
一旦我高声呵斥，它从这些地方
退出来，并从我眼前慢慢踱过
仿佛它小小的身体里，携带并埋藏的
才是一个宠辱不惊的至圣所

2022. 8. 25

拍
照

天色暗下来，打开灯
拍照。手机的阴影也被拍下来
像一块脏东西，落在
手写的，既笨拙又老练的字迹上
时至今日，能让我写下
读书感受的书，已经不多
写下后，拍给朋友分享的，更是
少之又少，尽管有时
带着敷衍的心态，但谁又不是
徘徊于，从敷衍到认真
或者，从认真到敷衍的姿态中
犹疑、确认，再犹疑
在一个看似，应该进化到
无比老练的年龄
是什么让我回到再一次出生
即使模糊得让人感到，似是而非
……关上灯
趁天色尚未全部暗下去
拍一张吧，干净的，除自然光之外
无须任何装裱的，那么薄薄一张

2022. 8. 27

八月末的夜晚

1

八月末的夜晚
风，回到风的圣殿
树，回到树的庙宇
但仍没找到一个词
对夜行者冷静的感知力
产生最深层的撼动

如果风，回到旷野
我是否会把寄托于其中的虚无
留下，用来稀释过于浓烈的自我
如果树回到山间
我是否能将这么多隔离带中
留下来的空洞，孤身填平

当风用于吹熄，并带走一些什么
那一定不是变幻的霓虹
当树用于排列，并托起一些什么
那一定不是被根挤走的泥土

八月末的夜晚，裸露的事物
变得醒目，而表达苍白
如果此刻你要打开一个城市

最好怀揣对一座宝藏的期待
打开一座燃烧过后，渐渐冷却的废墟

2

从居住的楼层下来
从频频望天的高度下来
我确信是因为城市道路太过漫长
而并非我的双脚乏力
像茫茫大海中的航道
一个不是舵手的人，要沿着自己的方向前行
就不可能摆脱各种工具的托运
今夜，晚风拂面，却仅限于
我在路边，等待网约车到来时刻
钱塘江像一道栏杆
以前是船，有了桥之后
现在是滚动的车轮，拥有了
打开栏杆，并到达江的另一边的能力
是啊，能力有时即是权利
那就让我在等待托运的间隙中
看一看八月末的江水
它告诉我，接下来
我将拥有在任何事件远去时
推开颓败和留恋的能力
时间、地点、人物，都已随我过江
只有一夜凉似一夜的风，在等着我原路返回

——带着一段崭新的时间

3

意味着：蝉声、蛙鸣渐渐稀疏
楼上孩子制造的声响
将会消停一段日子

无形的笼子，看不见的锁，困不住
燥热的空气往别处搬迁

江面上的船更多了
使行驶的空间，变得拥挤
使整装待发的时间变得尤为珍贵

街上寥寥无几的人影也是缓慢的
急于赶赴之人都上了车

是啊，一个争先恐后的年代
安守住脚下的影子是必要的功课

八月末的夜晚注定留不下轮廓
大火已熄，余烬残存
我为眼中不可掩饰的荒凉羞愧

为更多的东西在不断中和着

稀少的羞愧，而长松了一口气

在所有被世界造出的句子里
我仅读到，候鸟正跃跃欲试
不管落脚的巢，是否已经准备完毕

2022. 9. 1

玻璃窗

玻璃窗在台风里，挡不住

自身战栗

通常时间，它们像是故作镇定

偶尔，也会产生

大不了一碎了之的念头

我见过，风雨从破碎的窗口，扑向

屋里的人和物，曾经在日常生活

带给我们愉悦心情的玻璃窗

现在成了引祸的入口

一次、两次、三次……

大楼越造越高，风雨继续袭来

需要更加安全的玻璃

用更加坚固的框架

固定好容易破口之处

而这些，是保护呢还是桎梏

在玻璃对阳光的过滤

对风雨的阻挡、对自身的加厚中

我们感官的敏锐度越来越小

对自己的承受力，也充满了质疑

多少年，已经没一碎了之的冲动了

迟钝让我们仿佛已经坚不可摧

2022. 9. 2

第四辑

理想空间

湿度计上的数字显示

这是一个充满水分的世界

除了时间，还有什么是不可溶解的

山峰、堤坝，那么多建筑

教会我，只有坚硬之物

才能让既有的形象

存留得更久一点

而冻住的水，那低温下短暂的凝固

不过是一种变形

如同在羊水里长大的胎儿

出生后，便开始惧怕，现实的河流

我渴望最初的源头

能还我母腹里的天性

但如今，连孩童时的盲从也丢掉了

只有拼命仰头，等着潮水

慢慢从我体内退去

并学会，用积淀的泥沙筑起堤坝

有形的，无形的

将每个瞬间牢牢控制在命定里

再无溢出的破绽

让我每一天仿佛都在等待

未被溶解的欲望，浸没剩余的躯体

2022. 9. 6

当雨成为声音

当雨成为声音，正是
万物隐形时刻。我也置身其中
摸索着前行、返回
身体碰到任何东西都是冒犯
当四周一片空茫时
又忐忑不安，这让我
时而缩回试探的脚步
时而，伸出试探的双手
只有雨的沙沙声，在我以外
又用我的耳朵
准确地找到它，进入它，并催我
从一床雨声中
再次离开。早晨起来
多半雨已经停了
证明雨，不是为了让我听见而落下
但我却感受到了它的召唤
我也不是为了让世界看见而存在
为何却常常因为
终将与这个世界告别，而悲哀？

在一个陌生的岛上穿街走巷
那个早就被在别处时的我
提前知晓的名字，此时正通过
一步步伴随着喘息的行走
将一个试图在山水之间自在逍遥的
观光客，转化为居住于现实的
一个早晨，一个黄昏，以及夜晚

互相挤压的是人群，而时间
不会变形，它只会让我，从一条路上
拐弯，进入另一条那一个接一个
在途中回头，多次重走同一条路的
我啊，每一次踏上的，其实已经
是一段新的时间

与其说夜晚吞噬白昼，不如说
白昼诞下夜晚
璀璨的灯火让岛的一隅
成了光的万花筒，别管谁在转动
可以让眼睛不再局限于
一个筒眼里——
一切不再都是对称的
当所有的花样，通过一首诗的反射

2022. 9. 21

在岛上

从空中俯瞰时。一个个岛屿
像从群山分离出不规则的
一小块，又一小块
但都漂到了自己的位置上

一张众水编织而成的网
把我弹到高空
穿过白云连成的海
因为游离成一个岛而有了自由感

在视外来物如一滴水的地方
我像一个洒水壶，把时间交给
几顿餐食，几次出行
几次入睡，和醒来的第一眼世界

2022. 9. 21

天气返热，像一个已经道过别的人
出其不意地再次出现
这只是一个比喻。事实上
许多未经告别的人恰恰是
永远消失的人
冷热交替中，落叶不会重返枝头
不断减少的树荫里
蝉声也没有返回。蜕变的过程
一旦蛹背上出现黑色的裂缝
就不可能重新缝合
唯一可做的就是等待一切
慢慢地自行解脱
从一副盔甲中爬出来是不容易的
在那些过程交织着结局的日子
你开始明白，当多巴胺与荷尔蒙
大于意志，争战优于示弱时
快乐总有一天将被痛苦吞噬
这个十月，炉膛未熄，血液犹热
但仍不知接下来
漫长的岁月里，需要经历
多少次蝉蜕，才能抵达瞬间的重生

2022. 10. 2

十月之蝉

十月

气温骤降，交给江水缓冲，交给乌云过渡
风声在窗外呼啸，仿佛催促我打开

又仿佛在提醒我
需要关闭得更加严实

我只有这一个窗口
它在不停地打开与关闭之间

促使我，与该遇见的，遇见
与该告别的，告别

九月的白云刚刚飘向框外
十月的乌云就在群山之顶聚拢

一夜之间，夏词变成秋语
亢奋的鼓点变成颓败的丝弦

吹向，栾树枝头花朵一样的蒴果
枫树林里上了漆的叶子

我有这一扇窗口，已经足够绚烂

2022. 10. 4

人走累了需要桌椅，需要一杯水
用以发呆、沉默、润喉……
想到我们曾在嘈杂的人群中
高声对话，以为对寂寞产生了抵抗

却不知楼群早已忘掉了
是谁建造了它们
一个长居此处的人
仍然只是原地漂流者

即使打开表达的窗口
收回的却是低沉回声
仿佛说出了每个词的重要性
同时也可能得到，患病的语言

秋雨溅起水汽，弥漫在画墙上
它早已忘了有过多少人，曾经
站在它的面前
像大地和天空一样互相凝视

2020. 10. 17
2022. 10. 6 修改

患病的语言

栾树之果

人行道上散落着粉红色蒴果
那么像花朵凋谢

几天前我也曾来到这里
落在地面的，是薄薄一层细小黄花
像染了色的尘土

踩在上面，除了花岗岩
提供的坚硬和平直
没感觉脚底触碰到什么实物

花的绚烂仿佛一个梦
唯有结出果实
方可证明它们开放过，也凋谢过

仿佛生来如此，几天前的果实
远远望去，是树上一团团火焰
走近看，像一个个小灯笼，挂满枝头

现在它们在我脚下迸裂——
像有棱角的字
在反复使用的句子里，被磨平

用手拾起一枚，剥开纸一样的苞片
几粒小小的球形种子

在我手心滚动

而我仍附着在越来越薄的时间之壁
从明日黄花的蝶愁里
取出一小簇渐变色的微火

2022. 10. 10

最立体的

独自跳舞不是不可以，童年游戏
现在去做，不是不可以
我的直觉正提醒我
在网络无形的迷宫中
总有那么一两个空间
与我分享着美妙的乐曲与舞姿
那些煽情的汗水
落于眼前，带走一小时、半天
或一整晚不想思考的日子
单纯叫卖已经落伍
购买者的欲望，成年人的心
因为被反复摩擦，而变得迟钝
童年时身体轻易舞出的动作
为何在中年之后，需要
如此费力地重新开始学习
包括，与生俱来的哭与笑
不再是难过与开心的单一表达
但此刻，面对屏幕不断闪现的
所有平面事物，我是最立体的一个
即使我的表情在人群中
越来越不适应大幅度的变化
汗水代替墨水，不是不可以
享受笨拙，不是不可以

2022. 10. 13

虚拟之窗

楼群环绕着楼群，道路交叉着道路
树是点缀，为它们而显露的泥土
是被水泥与地砖硬化后，大地的窗口

确保探出窗外的每一寸，都有
牢固的立场，任凭再大的风也不能撼动

花开了落花，果结了掉果
黑暗中的根系像眼球的血丝
等待睁开眼睛时看见光

而不是光造访了那么多的细枝末节
而睁开眼，是多么沉重的话题

在楼与楼之间，那口池塘
不管从哪个角度，从多远的距离
只要平躺着沉睡
就能营造出空空如也中的参差百态

仿佛切掉了逻辑链条的阿什贝利
把一切投入一个虚拟之窗
重新打开时，仍然不会有新的秩序
当眼睛被关进，反季节的高楼

2022. 10. 14

移植

剪去不安分的枝杈，无辜的叶子
以及曾经同心协力抓紧泥土的侧根
与相邻的树永别，或者一起
装上车子，移往别处：那些
需要树木点缀的地方
比起在深山老林里
一辈子无人问津的同类
是幸运还是不幸
比起一辈子活在出生地的人
移植的生活算不算蜕变
为了畸形的主角，残缺的接纳
唯一完整的就是被草绳
一圈又一圈裹紧的躯干了
一群五花大绑的囚徒，似乎这样
才能完成新与旧的交替
才能在陌生地落定
新一轮枝叶会再次长出来，没有意志的
温顺的。分不清那么多的枝叶谁是谁的
风吹来，所有的情绪都被概括成
统一的沙沙响，并被编排成
一出忽略了个体表情的群舞

2019. 11. 7

2022. 10. 18 修改

江河依旧

水从龙头里哗哗哗地流出来
从一天的开始，到一生的结束
从偶然冒出，到必然脱落

一条江，从你的指缝溜走
一条河，冲刷着你的尘土、心跳
和重复生成的汗水

是江河依旧，既映出你丑陋的皱纹
也带走你饱满的额头
水和水，水和你之间，正如现在

你还无法拥抱你
在年复一年，与浩瀚江河的拉锯中
你要先把自己变成水，然后深入其中

你要不停形成漩涡，像画着圆圈的指针
又要像永不流逝的玻璃钟面
在漫长的水面屏住呼吸

才能掩饰消衰的部分
维持着堤坝外的风平浪静
不管有多少次风浪，有多少个下水口

2019. 11. 14
2022. 10. 19 修改

更
远

江对岸，一艘白色的船
一座黄色的引桥
红色残阳，尚未落入水中

天与水之间
隔着青山、建筑、堤坝……
这一切
因为每天出现而令我熟视无睹

鸥鸟倏忽而过，我已忘了
该怎样随着它们的翅膀
达成更远的飞翔
或者，去更远的地方邂逅它们

更远的甲板平稳又摇晃
更远的渡口安静又喧哗
不同的广场
和街巷，奔跑出更剧烈的心跳

让我返回时
像一个从未到过此处的陌生人
看一道残阳，正半铺水中
以更远时代的诗人之名
重新命名一个越来越近的深秋

2022.10.21

听说昨晚楼道上，一直

有人走动

惊吓了那只胆小如鼠的猫

还听说，一个行踪诡秘的人

无声、无息，一直在暗处与灯火的

连接处徘徊，并巧妙避开了

一场地毯式搜寻。当我

听到这一切时，太阳已经重新升起

万物祥和的声音再一次亲切地

盘旋在忙碌的人群之中

看不出哪一个人，喜欢走夜路

也没有哪一张脸，声称自己

已经变得老于世故

在这个城市，遍地都是这样的江湖：

需要用无脸的影子，才能开疆拓土

有人选择像爬藤，在寒冷中只剩

一根光秃茎干的自尊

有人在来与去之间徘徊

等待天空在虚拟中，微微发亮

2018. 10. 28

2022. 10. 24 修改

一个来路不明的人

本能的磨盘

没有石磨，人们再不用一圈圈
使劲推着有限的耐心
和无限的期待，长久地扭动

豆浆机快速旋转出
刀片切碎豆子时，产生的呜咽
一个小时不到，果冻般
细腻柔滑的豆腐脑，便端上了餐桌

是什么代替了石头与豆子
石头与石头之间的隐秘问候
磐石般的重量，配合豆子
殉道精神的平静。众生匍匐
在一个固有的平面，溢出雪白的浆汁

只有当事人清楚，因为双手
在用力推拉
才换得，他人看来的不疾不徐

当更多的肉体以为被解放出来，磨盘
消失了，而手柄依然握在
人们手里，仿佛刚诞下婴儿的母体

脱离了，沉甸甸的束缚，却不知道
该用什么抵挡，新生的磨盘

所有难以消除的本能
以及惯性之手，那闲置已久的空虚

2022. 11. 3

片段

太阳明晃晃照我

众多树木都经过我

而我，没有与任何一棵打照面

在与人面对面时

直视对方的眼睛，却不感觉尴尬

是多久之前的事？我已习惯

将意味深长，简化成一个个片段

像树木将自己的脸

用一片片叶子拼凑，便于阳光与风

穿梭往来，我也不复完整

当四通八达的道路

分裂广场上的我

所有的路，都布满脚印

我走向任何一条，都是重蹈覆辙

2022. 11. 6

抑
制

长时间注视的那片云，如扯碎的棉絮
停在山顶。它，应该继续飘动
然后，木讷地慢慢落到实处
等着下一缕风的到来

多庞大的身躯，多顽固的定力
才能完全摆脱早被设定的天与地
虚与实，言与行之间，因为需要
相互连接，又常常彼此剥离带来的困扰

蒸发的溪水不可抑制
但不妨碍大海一直涌动不息
坠落的雨水不可抑制
但能促成更多的积水，倒映出天空——

扯碎的，触手可及的无数片落地的天空
仿佛在我飘飘然时消失了
再次闪亮着出现，已是多年后，并被带入
需要抑制的事物。也许，就从言语开始……

2022. 11. 16

台词

为了看清楚一句台词
我按下倒退键，而一旦按下去
一段剧情，便快速回到了
远未说出这句台词的时刻

这庸常的时刻，看过一遍
已嫌太多。它如此漫长
以至于，我的注意力在分秒间涣散

记不清按了多少次倒退键
这一生，记不清重复了多少次
对没有吸引力的人与事
一遍都不愿去看，一遍
都不愿去做的幼稚，与顽梗之后

我终于穿过，执着的冰层
和激情的火焰，在白昼越来越短的
入冬时节，我学会了在庸常中
定睛向前。现在，能倒退的
只有剧情，能循环的只有季节——

穿过一段暗沉的冬天，听见
一遍遍，从他人口中说出的春天

2022.11.30

我想写点什么，纠结于
如何把单薄的词
编织成，异常厚重的云层

把灼热的太阳团团围住，看上去
像一个想要挣脱淤泥的头颅

想起今年中秋之夜的月亮
也是在淹没它的云层里
潜行了很久，才完全现身

让翘首以盼的赏月者在倍感
失落之后，领受到超出预期的惊喜

我写下云层。就是为了让自己
置身其间，经历若隐若现的日月
完全冲破云层的一刻
——那惊喜之后，更空洞的失落

2022. 12. 6

大
雪

大雪日，在一场大雪过后
甚至没留一点痕迹，才蹒跚来到

此情此景常常不在此时
有的滞后，有的超前

更多的如谜团，从古代到现在
再到明天，一直无法解开

而我的视角只在今天——
清晨雾气弥漫，中午显露灰暗

下午即将到来
在我努力回避寒冷的斗室

在他们只动用一念
便瞬间到达的天堂和地狱

大雪日，那场雪
早一步是因果，迟一步仍是因果

2022. 12. 7

得到

我看到一个孩子在荡秋千
雨突然落下来，天空的脸
变得苍白，衬托出
更绿的草地和树丛

秋千停止摇晃，孩子
不再嬉戏，除了雨在动
还有一些看不见的东西
从潮湿的土壤中发芽、生长

她会得到花伞、糖果
以及烘干全身的超常体温
一次又一次
医治的药水输入脉管

发烧的世界，一点点归正
在短时间扑灭火焰后
留下的灰烬里
我得到了屋檐、墙壁

以及冬日的炉火、夏日的冰块
一年又一年，用平稳的体温
和表情，怎么也没有办法
从一个孩子身上，看到曾经的我

2022. 12. 8

冬

在寒冷的街头，每走一步
都有数不清的风
向我宣示主权
平等不过是个伪命题，只有起点
没有目的地，但这并不妨碍人们
将这个标语，白天贴在所有领域的
橱窗，到了夜晚，再撕成碎片

出门前将自己层层包裹
也裹住所有听觉、嗅觉和触觉
而变得光秃的树木呢
——作为人标配的傲慢，就是
习惯为自己之外的事物发言

当它抽枝、长叶，仿佛世界更新了
实际上，不过是利用感官这种工具
逃避无处不在的陈旧
厚重的衣服也是，在冬天，唯有
笨拙的身体，开裂的嘴角，让行动
和语言，谦逊地枯黄，飘落
看一看，露出的是笔直的
秤一样的树干，还是弯曲的脊骨

2022. 12. 9

在别人的诗句里

阳光施下恩慈，我暂时
摆脱了寒冷，下楼，行走
路过一片绿草坪
与金黄的银杏树，火红的鸡爪槭
一起站立片刻后
穿过一条街，来到江边
前方是江水流淌时的
粼粼波光，身后是
车道上疾驰而过的车轮声
远山如镇石，压住大地这张
宽大无比，也坚韧无比的纸张
坚持跋涉仍触及不到边界
毕生练习也无法
力透纸背。时至冬日，将枯未枯的
终会枯，将落未落的终会落
如此耀眼的景色还能持续多久
浮沉于俗世的惊涛骇浪
却试图依靠俗人的思想上岸的人
诗句已经读完，而更多的空白
顺着字里行间的破口，爬进来

2022. 12. 11

理想空间

夜幕降临，我在一扇玻璃门上
看到自己
同时看到的还有头顶的灯
墙上的画，桌上摆放的各种杂物

不可或缺，又令人厌倦

我渴望身处的理想空间，应该是
灰色墙面：在阴冷天气
使整面墙看上去，不显得过于苍白

灰色地板：就算积一些灰尘也不显颓败

最难达成的是：茶几和桌上
空空如也，当我擦拭
就像神来到时，我这个器皿
清空了所有之后的全然摆上

2022. 12. 14

太阳仿佛是停在空中

被遮住了，而不是落下去

当云的密集度磨平了

群峰的曲线

两个毫无关联，甚至对立的概念

在一年即将结束的日子

继续合奏着五味杂陈的曲调

一直延伸至太阳消失时刻

以及，听力的尽头

毫无逻辑，又绵绵不休

是怎样的速度让我们越行越远

空间仿佛毫无止境

围栏拆除了，得到的是

更多的阻挡，当过去的时间

仿佛正转身看我，而不是

扬长而去，只有通过钟表证明

圆满的樊笼里，我还在嘀嗒走动

并时刻准备发出刺耳的闹铃声

2022. 12. 15

黄昏

太阳西斜，比所有告别

多一丝莫名的不甘

那是光线赋予的假象，一条河、一排树

一堵走不出去的墙壁

被锋利的现实穿破后带离所有

黄昏，其实比任何时辰都令人期待

虚蓝的天空不再蛊惑

雄心万丈，却找不到梯子的人

还有一些人以为找到了，很快

便嫌不足，像一片片浮云积于半空

和众多视而不见之物一起

一直无法释怀，表明即使在数码时代

依然有隐形的美好与丑陋，存于

这无法弃用的底片

一旦进入暗房，才会显出真相

云层也是无法消融的往事，卷入山背后

那里，隐匿的大海

又吞并了一条迷茫的河流

2020. 12. 28

2022. 12. 21 修改

漫长一宿

早晨明亮，在长长的夜晚过后
无论身处何地，无论打开窗的一瞬
有没有鸟儿飞过
都必有冷风扑面而来
无所阻挡。昨夜八点
我们开着车子奔驰在空荡荡的大街
除发动机之外
车内外的所有都在沉默
紧闭的店铺里，灯光刺眼，放大着
一种逃散后四处弥漫的萧瑟
在这个冬天，我们还能迎来
"一宿虽有哭泣，早晨便必欢呼"的奇迹吗
唯有街灯和行道树一如既往
持守脚下，这里是它们的生存之地
也是我们的
但土壤之上长出了什么
那些不可逆的修剪，让一些事物
在四季轮回中，再也长不回原来的样子

2022. 12. 23

清晨

不仅要打开南边的窗，也要
打开北边的

清晨，穿堂风急速吹走
积存了一夜的寂静
但并没有带来
往常一样的尘世喧嚣
偶尔有车子驶过，有人声传来
日常这些使我烦躁，此刻
在我与世界之间的无形网罩中
竟让我觉得生动
并慢慢放弃了对明天的预设
从南阳台向下俯瞰
小区的水池，像一块难以融化的冰
风自南向北，拒绝与我并立
在北阳台上，看钱塘江
从前像一幅画，现在是
一段难以愈合的空白
风自北向南。像一团暗火
无影无踪，又无处不在
——不仅要关上南边的窗
也要关上北边的

2022. 12. 24

昨天从窗户一直铺进来的阳光

今晨醒来

已被完整地取走

在满目阴霾中，可有目标

供我前行，可有一条道路

承载我，接下去每一天每一次

空空地张望

在连夜被移走路牌的地方

应该重新竖立起什么

让曾经的经历，用来引导一首诗

踏入阴晴反复的天气

并下决心走出

被虚幻的语言辖制与索取的

寄居地

走向触手可及至内心美地

——在一个迷路很久的修辞里

没有故乡可回，也没有远方可及

2022. 12. 27

年末的盲盒

从三年前寒冷的冬天
到三年后的此刻
通过中间巨大而强劲的漩涡相接

我仍住在里面。仍不见
那股神秘力量在多远的地方
窥探我，在何时，袭击我

紧闭房门，鞋子积尘
从他人的喘息声中学会过滤
多余的呼吸

然后从立锥之地开始，每一只船
都在小心翼翼地避开一个
向更多水面扩张的漩涡

看不见青草在水中生长
也看不见水流，归入天空
只有一扇窗的光线，足以见证

年末，无数个盲盒纷至沓来
小船四周没有派送者的踪迹
每天都是认领时刻
找不到，拒绝与退还的路径

2022. 12. 28

雾
中

雾中之城如仿制的中世纪城堡
有着肤浅的仪式现场

来不及拆卸的塔吊如不对称的
十字架，不一会儿，就融进了暮色

这是我无数次在窗前看到的景象
——慢慢升高，和慢慢破旧的楼房
在屋内的灯火点亮之前
都只是一个个冰冷的壳

那些密集在门窗内外
被数字层层包裹，又逐一打开的人
不知该向何处张望

在不断变幻的场景中只有抽象的脸
过剩的时间。而街道两旁
那些对着天空长久出神的树

一棵棵，因为如此容易清理自己
枯败的部分
显得身形无比清晰，而具体

2022. 12. 29

这个冬天

这个冬天下过雪。除此之外，
似乎找不出可回味的视觉盛宴，
寒冷如期而至，
一些失去抵抗的肉体
与其说消亡，不如视为悄无声息地退隐。

就像我从窗口看见城市灯火，
璀璨而寂寥。
熄灭其中一盏，并不会使寂寥增添一分，
同样的，即使装上再多灯火，
也无法让这个冬天，更有激情。

仿佛每一场雪。无法永远覆盖一段
乱石丛生的道路，
只有等待时间让一切消融，
并准备好
落日之前，在黑暗中行走。

2020. 1. 22
2022. 12. 30 修改

有形状的水，清浅、透明。
仿佛怀揣的秘密
在暴露出来后，慢慢转变成
形式主义的浮力之池。
水边有一只看上去
用玻璃制成的透明小舟，
在冬天的光影里如童话般梦幻。
有人建议我站在小船上拍照，
看啊，背后是连绵的青山，
脚下是宁静的水面，
小船仿佛一只充满善意的摇篮，
一踏上去，就变成了不稳定的跷跷板，
玻璃外表，塑料材质，
没有支点，也不知道重心在哪。
等我狼狈地从池中拔出那只
鞋中灌满冷水的脚，
冰冷感瞬间从上到下传遍整个身体，
恍如从梦中跌入了现实，
而眼前，除了池边的水痕
和未拧干的情绪，
一切恢复到原来的样子。
那只虚浮的，让我一脚踏空的小舟，
如同被世人喜爱的话语，带着
诱惑之心，继续在水上轻轻摇摆。

2023. 1. 7

身上的灯

傍晚，雨变得稀疏
若隐若现的水汽一路跟着我
向湖边走来
然后，将自己大部分
汇聚在湖面之上，迷人眼目

小部分将身旁的柳树
与我视力可及的
湖山交接处，联系在一起
一个置身人世的湖，为我们的肺腑
带来别样的形状和色彩：
抽丝的柳条，淡粉的花瓣
长桥以平展水面上唯一的曲折
吸引了无数双眼睛

有多少人走过它
就有多少个窗口在消失
剩下的时间
要把深绿色的湖水过滤成透明
怀抱碧玉者恰恰是疏浚
这个湖的人，大部分
在水下，小部分成为探出水面的路

雷峰塔亮了起来，它身上的灯
没有照亮湖面，只是穿过雾的搭建

让我看见废墟之上，庇佑的主客双方

在光与暗，与有所期待的人之间

无休止地转换

2023. 3. 23

一朵花

梅花的时候，紫叶李的时候
玉兰的时候……
现在。轮到樱花穿戴极荣华的时候
再多的雨，再多的寒潮
再多的风也不必忧虑什么时候凋落净尽

清晨，鸟将你唤醒，从梦中
又像从前世，天色，渐渐显白
像一朵轻盈的花，再重一点就变成
保护你、又围困你的白墙

再多的阳光，再多的暖流
再多的赞美也要拒绝幻想容颜永驻
墙上的旧时代，已被相框固定
曾经的秘密成了可以分享的历史
曾经的惊心动魄不如这花一朵

也不劳苦，也不忧愁
天地是它的房间，四季是它的衣柜
无始无终的阳光和雨露
带着明暗的条纹和难抑的升腾
——一颗种子一样的心不被身体囚禁

2023.3.24

不
独
一
人

雨还没停，溅起水花的车子

那么多

当它们从同一个水洼

疾驰而过，那车轮

在前进中不独一个

陷入震荡，连同握在手中的方向盘

承载安全感的钢铁身躯

窗外，路边香樟树像一把伞

摇晃着，顺着我的视线

分身为无数把伞，辗转于

街头、巷尾

似乎只有等风雨停下来

城市才被洗净

包括所有阳光下暴露出的秘密

那越来越轻盈的空气中不独一人

像流窜在外的逃犯

等待被春天缉拿……

2023. 3. 30

拾取遗穗

他的身影被光线递了过来
举起的手，通过漫长岁月脑补后
形成认证般的动作

究竟在认证什么？
当潦草的剧情已接近尾声——
下车，抬头，向马路对面望去

正如几分钟前我们
在微信对话中，对自己的描述：
他穿一件黑色皮夹克

我着一件灰色开衫
"感觉像特务接头。"我说
而伟大的使命已成收割后的麦田

成捆的麦子被运走了
所见之处，只遗留了少许麦穗
在树丛掩映之下，我看见

从一扇半掩的小院木门透出灯光
小屋在暮色中后退，留出一大片
回顾前的空白，任暂停者拾取

2023. 4. 13

在江南，雪是稀罕物，一旦
纷纷扬扬飘落，最养雪的地方
是层峦叠翠的偏僻处

一些人每到夏天
就去山里的小村庄住上几个月
当冬天到了，则飞到南方城市
享受凉爽的海风

候鸟一样定时迁徙的生活
避开了雪，和大汗淋漓时刻

而我总是留在
这最养人性欲望的城市里
经历每隔一段时间，就降临
在我四围，带来内心的酷冷与火热

清数每一场大雪
下了多少时间停下来
并被扫成一长条，镶嵌在道路边

被撕成碎片，披在树叶上
那些高的矮的，平的斜的房顶上
都盖了厚厚一层

等待我，穿着厚厚的外套
与它们合影、留念。仿佛
在城市房顶上，雪也是欲望之一种

2023. 4. 19

一段江

江水寂寞。在这段，在夜晚
以桥为界，以人的感官
相信了所看到或听到的一切

眼前这一段江流
波光粼粼只我一个观众
几个观景台空置，如同遗址

往下走，看见台阶边一小块
菜地，那个隐形农夫就弯身于
每一棵肥硕的卷心菜里

没有什么能够保持
来历不明的神秘，最外层的叶子
抖着衣裳，但无法与风断绝往来

与光明，与黑暗，在明暗悬殊的
江边，即使是无人收拾的垃圾
想改变的并不是初衷，而是结果

当夜晚来临，这一段江
只有渡济大桥上隐约的路灯
一边站立，一边打着呵欠

其余降伏于黑夜的信件

每向北读几行，就开启一次寻找
一直读到五彩斑斓的霓虹

正在制造一座水上天堂
仿佛只要抖着衣裳
往另一座桥上去，就能将流水

换成可以控制的喷泉
只有身形起伏没有内心翻涌
并不再安于风中，一个人埋头赶路

2023.5.4

院子里，几根木地板的一端
挣脱了钉子的束缚
它们倾斜着渐腐的事实

在晨光中，仿佛
有一股沉睡已久的力量
令没有灵魂的木头，昂起了脖子

鸟儿飞来，停在各样树上
唱着灵动的歌。梦的统治
和蚁穴的庇护，都是瞬间

高低不平中，用于过渡的平衡
只是错觉，人手所造的
到最后，都会被人手毁灭

白昼给燃烧一次荣耀的见证
夜晚给灰烬一缕预定的晚风
没有一种叙事能比得上一昼一夜

漫长又短暂。没有一种更新
能救赎残缺和软弱之躯
——鸟儿飞走了，太阳下山

夜晚令夺人眼球的钉子变得

愚钝。青草气息里，雾气
凝结成窗玻璃上，几颗滑动的星

2023. 5. 5

我的路程，可能早已行完，在城南

寂静的田埂上

在城北简陋的汽车站里

或者，并未经历真正的开始

便几经放弃

第一次看见的稻田刚插下秧苗

第二次，便是满眼钢筋混凝土的楼房

出发之人和漂泊的城市，仓促中

不管埋下多少伏笔，写出的都是序言

但想由此进入正题

唯有妥协，才能让失败得以善后

那张久未见到的脸，由严肃变得慈悲

皱纹平静，不管怎样预测

生活这团乱麻，如果

前一段仍徘徊在悔恨里

后一段便无从解开，并拾起

在无数次回到那个小城后

突然间，感觉到眼前一切，如此陌生

西边晚霞美而不伤，东升的太阳

照亮树林，也照亮山脚公园里

晨练的人。多么庆幸，去往山上的路

变近了，我的路程

正跨出虚拟的边界，进入真正的山峰

2023. 5. 6

孤独的问题

跟在风的后头，从六和塔对面
一直走到钱塘江大桥
桥上车流不息，仿佛后一辆是
前一辆的复制品
桥底绿意盎然，七姐妹挨得很近
哪一朵都无法取代
但没有哪一朵拥有独立的住址
像街边那一幢幢庞大得
近乎可畏的高楼
一家毗邻一家，一户叠着一户
隔着粉饰的墙、冰凉的板
仿佛孤独的问题已得到解决
各样的乡音趋于统一
然后还原在一条江的沉默里
这个初夏午后，蓝色跑道空荡
隔离带上结红果子的樱花树
在风中轻轻抖动，前后都没有
脚步声，我的行走像一条江缓缓
流淌，等待在潮水中踹开无形的门

2023. 5. 10

怀
抱

女贞开花，一簇簇

被绿色叶子衬托的雪白

正带着浓郁气味，挪移时空

立于街头，却不被车水马龙

裹挟，也不视自己为寄居的物种

它们只专注于四季变化

无意让路人停下来

——把视线从浮云，投向细小的花

并察觉，一些顽固的块垒

正被碾成齑粉：承载重量的车轮

逐一远去了，追赶的念头

留下来，纷纷扬扬

像枝头未融化的雪，要嗅一嗅

才发现，一粒种子的寄居处

是让一切尘埃落定的怀抱

2023. 5. 11

笼统的描述

立夏。大部分草木对自己
做出了修改——
花在不知不觉中落尽
结出的羞涩果实
附在枝杈上，躲在叶子里
只要你仔细观察，它们无不将
最近一段日子里形成的一切
真实展现。内容
也许并非全都如你所愿
但至少全都真实

一开始通过诞生，在一个
没有经验的偶然里，后来
通过修剪，选定一种造型
仿佛时光因此停留，当命运
再度转动，速度会变得很快
栽培他们。不同的时代用
不同的模具，而我是
仓促进程中的产物：
不太美，不太丑，不太老
我希望这样笼统的描述
既适用于形体，也适用于血液中
某些，难以修改的遗传之物

2023. 5. 12

落日

关于无休止中度过的一天，一天
又一天。像钟声

每敲响一次，就会
回到没有举起钟槌时刻

故事都在书上，或别人的
嘴里。日子空空

却并不期待有什么事，将发生
但钟声如预言在我预感不及处

从未停止，远处群山是回音壁
每天把所有脚步收拾打包后

放逐流水——
这正是金属的意义

把巨大的声响交给耳朵
把震颤还给手

必朽坏的疼痛是没有版权的落日
包在慢慢变黑的红布里

2023. 5. 18

宽阔处

两边是旧墙，下过的雨水
将附着的尘土
晕染成一幅幅水墨画
中间一条石板路狭窄
偶尔走过成群的游客

大部分时间，它空着
对来来往往的风
不欢迎，也不拒绝
正如我对属于这个
村庄的一切，只参观，不参与

人物、年代，还在不断诞生
过往，小部分陈列在
博物馆里，大部分消沉于
池塘深处。为了留住
一个可以真实记录当下的平面

现在它出现在眼前，一个
可以毗邻，却无法进入的
宽阔之处，不在于面积
而在于它不复制昨天
也不预告未来

2023. 5. 23

西施庙

我来。仿佛你还在这里
以人手所造的雕塑
和庙宇的名义静止着，永不衰老
以至于中年的我开始领悟到被遗忘
或被无视的，永远比被传唱的真实

庙宇古朴巍峨，香火缭绕
高高的门槛如一道栅栏将喧嚣
挡在门外，但阻挡不了那么多的人
越过它，来到你面前，祈求属世之物

我看到广场上的雕塑，似乎
在反其道而行之：夸张的
抽象的表达方式
冰冷的，以不锈钢——
在你那个时代，尚未出现的事物

记录着相同主题。时光流逝
事件总是变得简单、明了
人物的面目总是模糊，又扁平
凭着肉体得到的都已消失
但千百年来，走过这里人们依然
没有信心，在水流之外，追溯源头

2023.5.25

安静

河水流到了山脚。山就
接纳了留在这里的水滴
并以恒久不变的高度，俯瞰
村庄，和村庄里
更迭的人与事：
被纪念的，把你带到这里
不被纪念的，领你回到自身
风光旖旎的季节，花儿盛开
小鸟飞翔，只有那颗
一旦形成，即难以控制节奏
一停止跳动就去而不返的心
还处于动荡中
从黑夜到黎明，从这里到那里
时间创造了无数个场景
让一些人一路平坦走向明天
另一些人则在不断面对
危险的高峰与低谷时
只有死亡，使他安静
——而在心脏仍跳动的时候
只有遗忘，使人安静

2023. 5. 26

前朝故都，昔日旧址

沿着连绵群山构筑的城塞

被时光洗劫一空后

成了荒草和鸟兽的所住之地

曾经构建的强大防线

已抵御不了任何

想要突破这里的脚步

城墙残留部分，像跨过

重重障碍的幸存者

沿着一道早已规划好的路径

蹒跚而行，并伫立于此刻

隐匿的夯土台基

像滞留的前世之事

任凭后事的漩涡一个追赶着一个

涌向残存的体表

不到最后一刻，描述不会停止

当内心早于外在被戳穿，被消磨

被丢在秘密之外，再没有

深入其中一窥究竟的机会了

苍穹下，冷暖交替，草木茂密

风吹过，悸动的波浪止于

冥想的地平线

2023.7.31

旗袍

小巷还可以更长，在这个被浓荫遮蔽的午后
既然委身于一件旗袍，就要将更多的从容
拧成一枚盘花纽扣——
仿佛在天空的胸前别上云朵
并用云朵，束紧天空的衣襟
为此，一些冒险之举注定被矜持锁住
当波浪卷被短发代替，丝绸被莫代尔代替
当不喜饮茶的人，让原本紧致的身段
从旗袍中突围而出，潜伏于茶人服中
一切都变得宽松，且语焉不详
一直以来，旗袍的潜台词都在悄悄更改
以前是风月，是民国
现在被矫情和模仿代替
走着细碎步的，不一定是淑女
看看高至大腿的分叉就知道，为什么
要配一双高跟鞋
领口的盘花纽扣，越来越简陋
但依然可以捂紧春光，拒绝孟浪的风
你已被代替了，只留下一件旗袍
空空，连一丝褶皱都留不住
而它依然不会告诉你
手中可以执笔，握花，拿扇
但是千万不要挥舞手帕
眼泪太廉价，孤独只适合折叠，裹着针尖
——自胸口抖落

对准，小资情调的麦芒

而物质的外衣，终将在重复的浣洗中

沉浮，褪色，撕成碎片，精神的遮羞布

荡然无存时，一段成形的历史

凸现出来——

每一次裁剪，都需量体

每一次更衣，都是修身

2019. 4. 15

2023. 8. 3 修改

晨光和余晖

车过长江，又过运河。
开阔和狭窄，以在桥上数算
有多少次咣当声来定义。
车厢里，不管你坐着
还是站起来，从这一端走向那一端，
都以同样的速度
将个人的追随，或者抽离
放置于铁轨的洪流之中，
带着无从选择的节奏。
村庄、城市、田野，列队出现，
正午、黄昏、夜晚，依次诞生，
雨和晴，出发和归来，什么
才是最佳状态?
当车过运河，又过长江，
向南的车头，转而向北，
看似截然相反的事物
总能借着一条漫长而蜿蜒的旅途
发出同样的咣当声，
让你分不清哪儿是前奏，哪儿是终曲。
而每次望向窗外，
所见的不是迟于创世纪的晨光，
就是早于末日的余晖，在两者之间，
昏睡的人，比醒着的人完成了更多
对苦痛的安抚，对梦境的修复。

2023. 8. 16

新年即景

高楼里有无数个暖巢

引来一拨又一拨五湖四海的人

街道在不断拓宽和延伸

连接那么多

激情澎湃的崭新世界

行道树有轻盈的枝条

几条树丫被五彩霓虹照拂着

恍如梦境

我沿着江边的方向独自走着

擦身的车辆和人群

离我很远

暮色中的灯火离我很远

我细小的步伐

要穿越的十字路口很远

我开始奔跑

好像心里燃烧着一团火

却制造了风

这寒冷又温暖的感觉

让我充满活力

夜色越来越浓，但我

心无所惧，一边跑

一边回望，身后的红灯笼

它们高远而真实的微笑尽头
有个未曾谋面的年代，向我
款款走来

春之歌

用一枚柳条蘸一江钱塘之水，
写在三月的樱花瓣里。
只要轻声哼起，
歌词就从树枝上簌簌飘落。

歌词还写在美丽的樱花跑道上，
雨丝是弦，
拨出我们无法见证的萌动。
风压低嗓音，鸟声清亮，
大地的眼睛从冬日的昏睡中睁开。

犯困的人，被梦想拽着前行，
带上雄心壮志，不约而同来到这里。
这时，你可能会碰上与你一样
流连忘返的陌生人——

擦肩而过。并微笑着点头致意，
然后各自走进寻春之路。
风里还带着寒凉，
你们在相邻处开始奔跑或伫立。

这时在江水奔涌和雨的哼唱中，
依稀听见的叮咛，
陪伴你们，共同跨入一个新的季节。

白马湖

在人群待久了，就想
去白马湖边走走
总以为，此时碰见的人
有可能来自越王城、固陵港，或西陵渡
对着眼前宽阔而柔软的水面
想起江海相连，想起沧海桑田

晚霞消失于无形
高楼拔地而起
想起白天的云朵，多么像一座座
千姿百态的雪山
在夜晚却变成稀薄的棉絮
立体与单薄，崭新与陈旧

它们一直悬在我们头顶
彼此对立，又相互转移
就像我们有时独行，有时并肩
站在湖边，感受秋风穿过
一片桂花林
向我们不断释放出阵阵凉意

滨江之夏

清晨，有手把轻盈转动的声音
曙色是点燃饥饿天空的炊火
白云垂叠，杨花飞舞，车流停在十字路口
枫叶一直红着脸，抓着细小的翅果

江面紧绷，岁月似乎从不曾松绑
列车无数次从头顶滑过，只有守时之人
才能听到钟声，看到溯流而上的船只
落入群峰环布的渔网

荷塘泛出月色。蛙鸣在隐匿中上岸
与风迎面相逢后，留下一排正襟危坐的栏杆
一座修建中的地铁站，开始撞击
为迷茫之人，一步一步推敲方向

西兴古镇

记得那次远行，我们驱车追赶阳光
驶向浙东古运河的源头
在古朴的西兴老街徘徊，仿佛我们
也准备在此中转、集散
西兴，一个南来北往的码头，曾经布满街市的"过塘行"
不断迎来了

新时代创意之城的"高"与"新"

空气中有历史的余热，行走在幽静深远的小巷
恍惚中听见清风在喟叹，看见白云默默远行
一群飞虫盘旋，贴近车身，像是苦恋着
人世温暖。不知不觉中
太阳开始西斜
天空高远的蓝变得柔和而亲近
纵横驰骋时刻，使我一遍遍对着路牌确认

此刻身处何地，又将去向何方
透过行道树晃动的枝叶，光影斑驳，落在脸上
风声，汽笛声从身边呼啸而过
让我感觉身披转瞬即逝的现在
又穿梭于过去和未来之间。一切都在往前冲
向着，暮色沉沉的天边
那里将升起人间至美的灯盏

"英雄帖"

我们不能回避，有种声音
自空中鸣响
抬头仰望，仿佛为了确认
太阳大而无声
对着钱塘江
它是闪光的银片

当每一滴水珠都张开眼睛
崭新的堤坝连接成
百年后
无比夺目而深远的印记

每一次惊涛拍岸的雄壮
都是为了确认
潮起潮落
一直在召唤我们
跨越，命运的深槽和浅滩

对着喧嚣中的车轮，它是
一晃而过的站台
不断重复的离开和归来
让无数个已经抵达的终点
仍在继续前行

我不能回避，有种声音
自心中鸣响
当我走出高楼
夕阳已卸下炙热的外壳
城市疲倦，空旷
一阵风，将怀揣心跳的身体
瞬间拉近又推开
火山一样的灵魂开始苏醒
看见一份"英雄帖"

听见百川归海的集结号在吹响

三十年

故事有些长，我喜欢倒过来读
每翻回一页，距离青涩的开头
会更进一步

多像一个幸福的孩子，背对着未来
坐在梦想的肩膀上——
没有迎面而来的雷雨。只有
清晰的来龙去脉，伸向江河
以至大海

一束怒放的花，答案就在两旁抽发的
嫩枝上，在国家芯火双创基地
在奥体中心大气磅礴的"莲花碗"里
广阔的滨江大地处处
散发着幽香
我们像一滴水，或者一个界碑

毫无预兆中，就为彼此的一生
给出越走越远的未来。直至跨入
更高更新的，下一个三十年

2020. 7. 24

闻涛路

闻涛路很长。必须借助交通工具
才能快速走完这段路程
闻涛路很短。起点到终点
从足够高的楼层，或在飞机
开始降落时，稍微一转脸
即可丈量完毕。仿佛多年前，那辆
因失速冲上人行道的车子
将齐腰高的栏杆，与两具肉身一起
撞进了江水里的往事
是一次杜撰。如今，沿着闻涛路
与江水一起漫步的人越来越多
究竟为了什么，他们接受
汽车的尾气，陌生的同行者
和擦肩而过的汗水味，也许是因为
对岸的青山，天上的月亮
无形的风。它们和路边
不停开花、长叶的树木一起
继续悦人的眼目
它们从不陷入"认为自己是谁"
"实际却是谁"两者之间的纠结
当樱花只剩叶子，最壮观的潮水
已经退去，身旁的人群像沙粒散开
剩下的就是你与世界最安全的
距离：毫厘之内，千里之外

2023. 9. 21

桂香之歌

走在幽暗空荡的街道，回望
灯火通明处
此情此景让我再次确认
前一刻的热闹场面
是否曾经属于我
这是秋天的深夜，凉风中
桂花在悄无声息地落下
带着必定存在过的种树人
多年前一锹接着一锹
在挖与填时
用身体奏出的劳作之歌
只要你每逢秋日
眼前还会浮现这样的画面
就可以更为深切地呼吸到
每一口空气里
充满无处不在的桂香
一步接一步，一年又一年
迎来曲终人散，你的世界
不是散尽了季节馈赠的仓库
只留下空空的名字和无意义的账簿
而是一如今夜，摆在眼前
如这些桂花树一样真切

2023. 10. 8

雨

细雨落在头发、脸颊

嘴唇上，随手一抹就消失了

天空太美，但只适合路过

以便更快到达目的地

并顺道看一看

高低不平的地球表面

和人类建造的不朽工程

在黑夜中，发出或暗淡

或璀璨的光

那些又细又长的人间之路

织成一张张蜘蛛网

纵横交错，支撑着

早已写就的，和即将到来的

我已经跳出其中了吗

云层是最初也是最后的幻象

在重回地面的时候

仿佛以雨的形状陪我

一起降落，仿佛它们是我

回家的唯一行李

2023. 10. 20

图书在版编目（CIP）数据

江南帖 / 卢艳艳著. -- 武汉 ：长江文艺出版社，
2024. 7. -- ISBN 978-7-5702-3716-6

Ⅰ．I227

中国国家版本馆 CIP 数据核字第 2024ED7075 号

江南帖

JIANG NAN TIE

责任编辑：胡　璇　　　　　　　　责任校对：毛季慧
封面设计：源画设计　　　　　　　责任印制：邱　莉　　王光兴

出版：长江出版传媒　长江文艺出版社
地址：武汉市雄楚大街 268 号　　　邮编：430070
发行：长江文艺出版社
http://www.cjlap.com
印刷：湖北新华印务有限公司

开本：880 毫米×1230 毫米　　1/32　　印张：9.75　　插页：2 页
版次：2024 年 7 月第 1 版　　　2024 年 7 月第 1 次印刷
行数：7184 行

定价：68.00 元